這世界沒這麼忙
在碎片如雪花的
時間裡尋找樂趣

沈威風 著

對奢侈品，你是什麼態度
為了美，你願意花錢還是花時間
馬路上的半邊天
居住是一種行為藝術
飲食之道，由內而外
我們都是職場中的好孩子
文化的價值和沒價值
男人、女人和一場春夢

崧燁文化

這世界沒這麼忙碌，在碎片如雪花的時間裡尋找樂趣

目錄

目錄

對奢侈品，你是什麼態度
奢侈品入門指南 10
盜版生物鏈 13
LV 憂鬱症 15
我們的口號是去偽存真 17
假如街上的 LV 都是真的 19
PRADA 背後的經濟學 21
革命式血拚 23

為了美，你願意花錢還是花時間
白，永無止境 26
母親的護膚品 28
理想瓜子臉 30
假髮 33
像明星一樣坐飛機 35
減肥時代 37
你為何那麼晚睡？ 39

馬路上的半邊天
逍遙騎士 42
樂士終結者 44
最美的季節，最浪漫的事 46
不要跟我提交通規則 48
喝酒與開車 50
「公主與農夫搶道」 52
裸奔的汽車 54
醬缸開車文化 56

3

| 開車焦慮症 | 58 |
| 開車那點事兒 | 60 |

居住是一種行為藝術

喧囂是一種行為藝術	64
相看兩不厭，唯有紫禁城	66
房子裡的青春	70
一個人應該住幾間屋子？	72
有錢就住四合院？	74
瘋狂小區	76
越古董越時尚	78
和長輩住一起有多難？	80
獨立買房的城市新女性	82
車位爭奪戰	84
「第一夫人」的一畝三分地	86
環遊皆地產	88
個性別墅怎麼蓋？	90
悲悲喜喜大城市	92

飲食之道，由內而外

如人飲水	96
北京，茶與啤酒	98
吃純素齋很難嗎？	100
吃出來的身分	102
誰沉溺中式飯局？	104
還有什麼能吃的？	106

我們都是職場中的好孩子

| 永不和貝嫂說再見 | 110 |
| 如何能夠相忘於江湖？ | 112 |

撒潑的規則與邊界 —————————— 114
　　女飛人的故事 ———————————— 116
　　名流後代的前途問題 ————————— 118
　　長安夢 ——————————————— 120
　　標準化的優勢 ———————————— 122

文化的價值和沒價值

　　小說的六小時生死線 ————————— 126
　　那一場轟轟烈烈的穿越運動 —————— 128
　　愛書還是愛書店 ——————————— 130
　　你看到的和我看到的 ————————— 132
　　小資寶典 —————————————— 134
　　末座慘綠少年何人？ ————————— 136
　　紅樓與猜謎 ————————————— 138
　　紅樓夢魘 —————————————— 140
　　有才藝的和沒才藝的 ————————— 142
　　抓貪官的小遊戲 ——————————— 144
　　揮不走的魔幻 ———————————— 146
　　新造墓運動 ————————————— 148

男人、女人和一場春夢

　　布莉琪・瓊斯的一場春夢 ——————— 152
　　新剩女時代的反悖現象 ———————— 154
　　一見鍾情的時刻 ——————————— 156
　　上帝關門，韓劇開窗 ————————— 158
　　總在別處的旅行豔遇 ————————— 160
　　DIY 的誘惑 ————————————— 162
　　哪有貓兒不偷腥 ——————————— 164
　　過街狐狸人人喊打 —————————— 166

5

目錄

轉運珠背後的慾望師奶 ··· 168
那些年，我們一起玩的遊戲 ··· 170

你一定很少看書了，因為累；雜誌也懶得看了，因為忙。

但你依然在看和讀：早起的枕畔，浴室裡面，午飯後的瞌睡間歇，臨睡前的掙扎，你不時點開的手機螢幕上⋯⋯

我們不能給你閱讀的理由，但我們知道，有些內容可以讓你的朋友圈更優雅。

我們不能拼接你碎片化的時間，但我們相信，有些閱讀可以讓你放慢腳步，哪怕只是假裝。

這世界沒這麼忙碌，在碎片如雪花的時間裡尋找樂趣
對奢侈品，你是什麼態度

對奢侈品，你是什麼態度

這世界沒這麼忙碌，在碎片如雪花的時間裡尋找樂趣
對奢侈品，你是什麼態度

▍奢侈品入門指南

珠寶製造商卡地亞國際集團（Cartier）的總裁伯納德·馮訥斯（Bernard Fornas）說：「美國人不願意把錢花在他們能以更低價格在本國買到的商品上。在地球的另一邊，隨著中國人財富的日益增長，到 2020 年，中國人的消費能力有可能超過美國。」這句話的前半句極不好理解，懷疑是翻譯水準導致的，並非人家總裁有意含糊其辭，因為他後半句話非常明顯地直指中國人，說中國人在奢侈品的消費上非常有潛力。

不知道為什麼，突然之間奢侈品消費這個話題就成了大眾話題了，就像不是所有的人都會去參加海選，但是不妨礙我們一直在茶餘飯後談論那些貌不驚人卻有「夢想」的年輕男女。而那些如雷貫耳的名字至今雖然仍是櫥窗裡的陳列品或者雜誌上的油墨香，卻在 CBD 地鐵站的人群中被屢屢和油鹽醬醋一起提起，彷彿它們早已經是我們生命中的一部分了。

作為中國人，對奢侈品的消費，那可是有先天優勢的，因為我們的血液裡，流淌著太多爭富鬥氣的歷史了。現在我們說魏晉風流，那些祖胸露背、行為放蕩不羈的先賢們在竹林裡過著神仙一般的日子，可是最著名的鬥富故事。王愷，晉武帝司馬炎文明皇后的弟弟，官拜右將軍，頗得武帝的寵愛和器重，他和散騎常侍石崇、景獻皇后從父的弟弟羊琇三人共稱「三大富豪」。王愷用當時特別貴重的麥糖清洗鍋子，而石崇就用更為珍貴的石蠟當作柴火使用；王愷用紫紗步障四十里，石崇則用織錦步障五十里；石崇用一種叫椒的塗料塗飾房屋，王愷就用紅色的石脂蓋過他。

這個故事的高潮發生在皇帝加入這場無聊的比賽之後。晉武帝為了相助小舅子，拿出宮中的私藏，借給王愷一株二尺多高的珊瑚樹。王愷欣喜若狂，認為有此珍寶定能勝過石崇。他在家中大擺宴席，請石崇前來赴宴，珊瑚樹自然供在最顯眼之處。石崇欣然前來，二話不說便拿起鐵如意將珊瑚樹擊成碎片。王愷又驚又怒又有點喜，因為那珊瑚樹他還得還給皇帝姐夫，被打碎了他拿什麼還呢？而那一點點喜，自然是覺得石崇已經被他技術性擊倒，才會在嫉妒心理的促使下擊碎了珊瑚樹。他向石崇問罪，而石崇輕鬆地說道：「不值得大驚小怪，我現在賠給你就是。」然後石崇命令他家的僕從取出自

家珍藏的珊瑚樹，只見二尺多高的異常之多，三四尺高的竟然也有六七株之多。

王愷目瞪口呆，驚羨萬分。當然，這事最後以悲劇收場，富可敵國從來只能是一種終極的夢想。在封建時代，富可敵國卻不知收斂，絕對不是一件好事。石崇之不得善終早在意料之中，而他的寵姬綠珠墜樓身亡，更是留下一段淒豔的傳說。

可是，有錢不拿出來攀比，對有錢人而言就好比錦衣夜行，旁觀者也常常給那些低調的富人們戴上吝嗇的帽子。所以，在中國幾千年的漫長歷史中，鬥富的故事層出不窮。大宋天子趙匡胤馬上奪天下後，親手打碎了後周皇帝的精緻馬桶，而他的後代仍然拒絕不了滾滾的歷史潮流，憑空造了一個艮岳（華陽宮），前無古人後無來者的奢華與富貴，怕是趙匡胤連想都想不到的。

現在中國人對奢侈品的追求開始了井噴式的爆發，群眾都不可避免地在奢侈的道路上昂首高歌，一路奮進。當然其中也不乏媒體的推波助瀾，在一些號稱代表知識分子品味的生活週刊上成天做一些奢侈品的封面文章，把中國人一顆嚮往奢華的心吊得搖來盪去的。有個曾經在下午的電視節目上教人做菜的中年男子如今也開始做時尚節目，並且在一期節目中這樣指導大家：「用化妝品如果用 2000 元以下的，那就是毀容，所以一定要用 Dior；戴戒指要戴周大福；手錶要戴 Swatch；衣服要穿 Prada……」

我一直懷疑這個節目主持掛著貌似憨厚的笑容，實則是在說一個冷笑話。要不然這樣一期把這四個明顯不在一個等級的牌子混為一談的節目怎麼可能在號稱中國時尚之都的上海順利播出，並且至今沒有聽到吐槽聲呢？

當然，我們在上海見到更多的是一些剛從恆隆廣場買了新款 LV 手提包出來，轉身上了公共汽車絕塵而去的上海女白領，因為剛才那個手提包，比她兩個月的工資還多，而她已經為此吃了三個多月的便當；又或者是一些從傑尼亞專賣店裡出來，手裡拎著一件價值超過他一個月工資的襯衫的年輕政府公務員。

所以，從某種意義上來說，這種混搭式奢侈品入門指南的出現還是很會抓時機的。

盜版生物鏈

　　我發現這個世界上存在著一條盜版生物鏈。拿這幾年萬眾追捧的 LV 當例子來說，路易‧威登的女繼承人高居金字塔的頂端，成為世界頂級富豪之一，這是她命好，生在了好人家，我們恨也恨不來的。生物鏈的中端，是如米蘭站這樣的二手手提包店，從一間小店面起家，如今已經在香港、上海等地開到大街小巷都是，賺得盆滿缽滿。這邊收進來，那邊賣出去，握手處的皮已經發黑的二手 LV 手提包，照樣擺在貨架上標價上千元，照樣有人過去買，不服都不行。當然，配皮會氧化變色，這是鑑別真假 LV 的祕訣之一。有人把這種經過使用留下的氧化痕跡稱為「蜜蠟色」，頓時讓這一點使用痕跡身價百倍並且具有了美學的價值。生物鏈的中低端，是冒牌米蘭站，比如一些城市街頭掛著「香港米蘭站」的牌子，欺負有些人不看新聞，不知道米蘭站還沒有開到那裡的事實。生物鏈的最底端，當然就是各種批發市場叫價近千元的超 A 貨，以及數百元的 A 貨。只有那花皮略似，其餘皆不像的明顯盜版貨，大約幾十元就能買一個。在菜市場買菜和賣菜時經常撞款的包，一般都是 A 貨和盜版貨。

　　發現了這個理論之後，我大為得意，認為生活中的經濟學從此再不是茅于軾這樣的經濟學家的專長。比如這個盜版生物鏈的理論，茅老縱使學貫東西，也是想不到的。可是，在推廣我這套理論的時候，卻遭遇了不少的阻擊。首先，在現在的中國談盜版本來就是一件很危險的事情。因為支持盜版則立場不正確；而大張旗鼓地反盜版，就容易被人鄙視為裝清高。更有人劈頭蓋臉地問：「您沒買過盜版光碟？您的電腦沒因為盜版軟體而螢幕大黑？您發誓在月薪 5000 元的時候，您從來沒對那些價值 400 元上下的盜版手提包動過心？或者，您在淘寶上，看到『原單』（正品品質）二字，您發誓從來都是繞道走的？」不，我不敢發誓，在這個女明星出席活動都穿山寨禮服的年代裡，沒人敢發這個誓。

　　我有個女性朋友，是一個名牌愛好者。也就是說，她身上那些帶 logo 的東西，大概 85% 是真的，其他 15%，則屬於來路不明的。有別人送的，有「覺得好玩」買的，當然也不排除有主觀意願決定下頭腦清醒的時候主動買的。

這世界沒這麼忙碌，在碎片如雪花的時間裡尋找樂趣
對奢侈品，你是什麼態度

她對名牌的態度，我一度認為是比較可靠的，就是量入為出，為了手提包鞋子刷爆信用卡、舉家吃泡麵的事最好別幹，不值得。時尚雜誌上說的那種，兩個月不吃不喝只為買一個香奈兒的包、穿條衛生褲就算是駭人聽聞的話，聽聽就算了，平凡老百姓不值得趕那個流行。而對於盜版的態度，她基本上是不支持、不鼓勵，也不反對。

不過，那天她聽我說了盜版生物鏈的理論之後，反應非常激烈。我很駭然地問她為何對盜版有如此突如其來的憎恨？她說因為盜版毀了一個男人在她心目中的形象。

故事是這樣的：某天，她出差去上海，走了桃花運，遇上一青年才俊。這青年要財有財，要貌有貌，更重要的是肯正眼瞧她。於是她在上海樂不思蜀，大有終老他鄉的打算。直到有一天兩人在恆隆廣場喝完下午茶，款款走過名店門口的時候，才俊突然拉住她，指著店內某女鞋，問她：「你看這鞋，是不是很適合 50 歲上下的女性？」女友說，當時她的感覺就是上帝終於注意到她了，這樣財貌雙全、孝順母親的絕世好男，而且行為舉止看起來也不太像同性戀的男子能夠來到她的身邊，一定是上帝的安排。她衝著才俊滿臉花痴地連連點頭，才俊微微一笑，二話不說刷卡買下了那雙鞋。出門後，在女孩仍在享受店員豔羨的目光的時候，才俊輕聲地自言自語道：「回家研究研究模板，下個月我們搞一批這樣的鞋出來賣。」

灰溜溜回了北京之後，她一心認定，是盜版毀了她心目中的絕版好男人，從此發誓和盜版勢不兩立。她的第一個舉動，就是衝到國際貿易中心去買了一個 GUCCI 的手提包，當然那天的價值 70 元的 FENDI 墨鏡純屬漏網之魚，經過群眾的檢舉揭發，現在已經在她家的家傭身上安了家。

不過最近她的反盜版行動似乎告一段落了，據說她已經尋找到又一個絕世好男人，他是某企業老闆，身家數億的佐丹奴愛好者。

LV 憂鬱症

　　有一個女性朋友，在冰天雪地的加拿大待了幾個月，熬到那邊終於春暖花開，進入一年之中最短暫也最美麗的夏季的時候，突然宣布要回國了。我們取笑她，一定是學了電視劇裡的情節，得了什麼古怪的病症，才不得不回歸祖國母親的懷抱。朋友說，沒錯，是得病了，而且病得不輕，是嚴重的北美生活憂鬱症，症狀是無所事事之下，只得嗜睡覺、嗜吃甜食，再這樣下去，自己的身材估計很快崩潰。

　　雖然這病來得古怪，但是有朋自遠方回來，本人當義不容辭，與她相約在香港見面。

　　兩個女人保持友誼最好的辦法就是相約逛街，何況到了香港，不逛街就對不起香港了。朋友很不人道地建議去半島酒店，本人一聽大喜，心想這個人可能在國外賺了一些外幣，成了一條大魚了，很有被宰的前途。兩個人去了半島酒店，在一排名店門口張望了一會兒，朋友摸了摸錢包，一揚頭，義無反顧地就奔著路易‧威登去了。

　　我禮貌地提醒她，路易‧威登推出的新款改良版紅白藍塑膠袋花紋的手提包，遭到中國國內時尚界人士的一致鄙視。實在想要，不如趁天色還早，過了關就是深圳羅湖商業城，一萬塊錢能把人家一個店的手提包都買下來了。她拚命搖頭說：「不行不行，這玩意就是滿足虛榮心的。這棕色人造革究竟有多好看，其實說實話也不覺得，只不過既然有錢沒錢的人都買，所以作為一個虛榮的人，不買一個就沒臉去上海混了。雖然真貨假貨差一個字，但就這一個字，會導致虛榮心得不到滿足，搞不好鬱積在心上，北美憂鬱症還沒斷，又添一個路易‧威登憂鬱症，那就划不來了。」

　　我突然笑起來，說按照路易‧威登的成功之路，如果朋友的文章哪一天成為滿足女人虛榮心的一種產品，沒有讀過就等於沒有錢、沒有品味、沒臉出去見人的時候，說不定路易‧威登還要找她做形象代言人哪。朋友有些興奮，彷彿看到了希望一樣，連聲表態說以後再不能寫那些小資文章了，要怎麼虛榮怎麼炫耀怎麼來才是。

說完，她對那個富麗堂皇的商家投下了最後深情的一瞥，拉拉我的手，說：「下一站，米蘭站。」

我們的口號是去偽存真

　　前些年出國沒有那麼容易的時候，豬朋狗友之間，經常流傳關於名牌的傳聞，例如幾乎每一個日本女性上班族都擁有三個某兩個英文字母名字的皮包，一個上班時用、一個旅行時用，還有一個是專門購物時用的。還有就是勞力士手錶，生意人沒有一支戴著出門給人看到覺得不夠有實力。還有一個比較搞笑的是，一位做網站的明星經理人，一度還神祕兮兮地跟採訪的記者說：「我這個西裝的牌子可是很少有人知道的，說出來很多人都不知道。」結果後來有人好奇，專門站在椅子上面，看了一眼他的後領子，然後說：「什麼呀，不就是 Z 字開頭的嘛，香港好多舞廳的小男生都穿的啦。」

　　然後不久，我在外面東奔西跑的時候也發現，紐約的上班族原來除了兩個字的皮包，還有 B 字頭的格子、C 字頭的流線型，都是很流行的。而我在香港的熱門地帶，一度看到買菜的家庭主婦幾乎人人提著這個牌子的皮包，看來女性大可沒必要擠幾個月公車去省錢買一個，因為實在普及和泛濫得太快了。

　　老友阿彪，過去幾年做出版生意，引進版權加上發掘原創，雖然行蹤飄忽，但是也非常見效，已經在業界小有名氣。他早就在兩個城市購置房產，說又能做辦公室，又可以保值升值，說得頭頭是道。不過他關於購買房產用來註冊一個小型文化公司，前店後廠，前面創作、後面出版的淳樸想法，歷來被打擊得厲害。因為他在新聞上看到，說以民用住宅註冊的公司，一律需補交過去五年的更改房屋用途的稅，也就是說宅雖然還是民宅，卻得按照辦公室來徵稅。阿彪一算，發現還得補交小十萬元的稅款，立刻將公司註銷的心都有了。

　　除了房屋之外，中國人投注最大熱情的就是汽車。阿彪自然不想免俗，而且在車的方面，他也貫徹一向的名牌思維，講血統、講門第。對於中國產的牌子，表示不予考慮。而他覺得自己的形象，也是屬於所謂的新晉年輕才俊，本來是要買某台動物名字牌子的汽車以顯得貼切。不過，後來這個牌子也合資了。於是，他就看上了另外一款德國的豪門牌子，但是他又覺得原裝車太貴，於是就決定先買二手車，用他的話說，就是要講究 CP 值。

這世界沒這麼忙碌，在碎片如雪花的時間裡尋找樂趣
對奢侈品，你是什麼態度

　　因為要買車，要投入現金，阿彪眼珠一轉就有了方案。他結婚時，有親戚送了一對男女的勞力士手錶，加起來也值個十萬八萬的。不過在大陸賣可不方便，他就決定，趁著春暖花開，去香港找當鋪變現。那天，他焚香沐浴，從家裡價值399元的保險箱中取出兩支包裝精美的手錶，穿了一身鮮亮的衣服，去了香港，信心百倍地挑了一家店面大的當鋪踱了進去。沒想到平地一聲雷，當鋪的夥計竟然說那兩隻手錶是贗品！阿彪不信邪，連走了四五家當鋪，個個夥計都異口同聲，說這錶就是贗品。阿彪有點不死心，說做得這麼好，就算是贗品，也能當個幾百塊錢吧。夥計很鎮定地回答他說：「先生，我們這裡不收贗品。」

　　當錶沒有成功，阿彪擔心白貼了幾百塊錢路費，一事無成，於是順路拐進了一家百貨公司，想給自己身上帶的萬寶龍筆換一根筆芯。結果女售貨員本來態度挺好，可是一看到阿彪從公事包裡掏出來的筆，就立刻變了臉說：「先生，您的筆是假的。」阿彪本來想說，我來買筆芯，你管我的筆是真是假。後來想了想，覺得筆都是假的，配根真筆芯也變不成真的，於是作罷。

　　一連兩次失敗之後，阿彪擔心他的這次出行徹底變成假貨之旅，趕緊坐上火車回了家。進門一開電視，正好看到王剛舉起一把鎏金錘，大喊了一聲：「我們的口號就是去偽存真！」把一件精美瓷器給砸了個稀巴爛，阿彪的冷汗立刻就下來了。

　　和王剛老師提起贗品就義憤填膺的態度相比，阿彪沒有那麼憤怒，主要原因還在於贗品都是以禮品的形式流入他手中的，至於送禮的人有沒有為此花了冤枉錢，他也不是很關心。他關心的問題是，如果註銷了他的小公司，他發憤圖強寫的兩本原創書，要怎麼樣操作才能順利籌夠他買二手豪華車所需的錢款。

假如街上的 LV 都是真的

　　當年風靡一時的美國電視連續劇《慾望城市》中，滿身名牌的女人走在街上被搭訕道：「名牌要嗎？」女人沒有抵擋住誘惑，她跟著那人走進小巷深處，她美麗精緻的高跟鞋在坑窪的路面上磕絆著，路邊的野狗對著她狂吠，她終於買到了價值 250 美元的一只手提包。得意洋洋地和女性友人炫耀過之後，她的興奮並沒有能夠持續太久。在一次參加聚會的時候，她和她的死對頭撞手提包了，對方一眼看出假手提包的破綻，故作詫異地大聲說：「原來你的是假的。」於是她無地自容，落荒而逃。

　　看到這裡，我的想法是，這個女人可憐，不能生在中國。在這裡，滿大街的店鋪裡琳瑯滿目的，都是她想要的東西，只有抱著孩子問「毛片要嗎」的中年婦女才會把貨品隱藏在小巷深處。如果她對品質的要求不是特別苛刻的話，那麼在名列世界 500 強的超市中，也可以找到她心儀的身影；在這裡，250 美元的天價換來的肯定不是一只手提包，而應該是八到十個；在這裡，假手提包不論形神，一定酷似真品，絕對不會有讓人能一眼看穿的破綻。

　　網上曾經流傳一個故事，說一個中國女人在巴黎度假時，她的假 LV 手提包拉鍊壞了，便自信而鎮定地走進專賣店，要求修理。結果她受到了殷勤而專業的服務，從此她的假手提包獲得了一個真拉鍊。在這裡，即使在聚會上撞手提包也算不得什麼要緊的事情，也許這兩個女人在小商品市場的小攤前，已經無數次地擦肩而過了。

　　在論壇上看過網友自發的兩項調查，一是「如果在街上碰到有人用假名牌，你能一眼看出來嗎？」二是「你會去買假名牌嗎？」調查的結果不重要，尤其是前一項調查，發文最後轉換了主題，因為一個女人講了她在街上看到某人用假名牌之後當街嘲諷的故事，之後數百留言演變成為眾人對這個女人道德修養的指責以及她對於眾人仇富心理的還擊。但是不可否認的是，假名牌已經深入我們的生活，無處不在。這些熠熠生輝的奢侈品繼不再挑戰我們的錢包之後，慢慢地也不再挑戰我們的道德底線。

這世界沒這麼忙碌，在碎片如雪花的時間裡尋找樂趣
對奢侈品，你是什麼態度

有個朋友分享了一點切身的生活經驗。她說：「走在外國的大街上，你拿一個假名牌手提包，沒有人認為是假的；走在中國的大街上，甚至是五星級酒店裡，你拿一個真名牌手提包，投過來的目光仍然是將信將疑。」她在這番感悟之後的行為是，在出國定居前，趕去深圳羅湖商業城買了幾十個手提包，並氣勢如虹地宣稱：「上那邊一天換一個，震傻那幫外國人。」當然，我們對她幼稚的行為持保留態度，如今外國人沒那麼好騙，小商品市場裡的外國人比中國人多，出手也比中國人更加大方，二十個手提包還滿足不了他們呢。

名牌打假的風聲比較緊的時候，我在新華網上看到一則貼心提示說，中國國家旅遊局提醒出國遊的旅客，為了避免不必要的麻煩，請勿穿著或使用假名牌，尤其是前往歐洲國家。我以為我那個朋友聽到這個消息可能會有些沮喪，沒想到她有些興高采烈地說：「打吧打吧，把假的都打跑吧。」此話一出，我就知道此人上次去法國旅遊，必定趁機購入了一個真手提包，方才如此膽氣倍增。

PRADA 背後的經濟學

香港時尚界人士鄧達智曾寫文章說,《穿著 PRADA 的惡魔》雖然很熱門,鬧出了很大的動靜,實際上卻是連時裝界的邊都沒摸著。電影裡的那些鉤心鬥角看起來很可怕?不,實情比那更毒、更刻薄、更醜陋!至於那個已經被封為「演技之神」的梅莉‧史翠普,在電影中把成堆成堆的 PRADA 大衣往助理的辦公桌上擲,可是在這位鄧先生的眼中,「演技之神」根本就沒有穿出 PRADA 的風采,而是演繹了一個步入高齡的阿婆。

這個刻薄的結論讓我非常之鬱悶。雖然我很同意他說的,這部電影沒有能夠在史翠普身上拍出「惡魔」名字背後的道理,但是如果影后仍然穿不出 PRADA 的風采而被他譏笑為步入高齡的阿婆的話,那世界上還有多少人適合穿 PRADA 呢?

正在我憂傷的時候,一個遠在日本工作的男同學,發了一堆勞力士手錶的圖片給我,說讓我幫著看看,打算買一個。我說:「你有錢,我也反對買勞力士。第一,這個品牌在亞洲已經徹底被暴發戶化了,你做的是法律界的高尚職業,不應該去蹚這渾水;第二,勞力士在中國 A 貨的泛濫程度可以與 LV 媲美,你花了幾萬的銀子買回來,等你一回國,就立馬被打入 A 貨的行列,怎麼想怎麼不合算。」

他說:「這叫形勢逼人買,人不得不買。日本就是一個這麼虛榮的、崇拜名牌的國度。工作一兩年的小男生,每個人手上都戴一支亮晶晶的勞力士;像我們這個年紀的人,一伸出手來,手臂上沒有一支勞力士壯膽,那是一定被人鄙視至死的。所以,我們應該慶幸自己是中國人,沒有受到以虛榮為榮、不虛榮為恥的思潮的影響,否則……」他頓了頓說,「你這個年紀還不穿 PRADA,那基本上也不用混了。」

我很心虛,但是我咬牙說:「我這個年紀,屬於勉強還能穿 MIUMIU,不到迫不得已絕不往 PRADA 上靠。再說了,虛榮心雖然人皆有之,可是君不見上海的小白領們買 LV 手提包出門就坐公車,吃兩個月泡麵,已經淪為全中國人民的笑柄了。這就是虛榮的下場,前車之鑑,不能不鑑啊。」

這世界沒這麼忙碌，在碎片如雪花的時間裡尋找樂趣
對奢侈品，你是什麼態度

他就說：「有一個叫加爾布雷斯的經濟學家，有一套著名的理論。他說如果花500美元吃一頓晚飯，跑堂的夥計就能夠因此受益；買一枚價值100萬美元的鑽戒，鑽石礦工就能夠過個好年……可見虛榮心能夠產生出巨大的經濟效益。這幾年中國的媒體明裡暗裡地鼓動民眾崇拜奢侈品消費的心理，一講到社會名流、富戶商賈、明星、著名運動員，都喜歡說他們又在某處一擲千萬金買了豪宅了，他們開的是什麼什麼車，私會情郎的時候拿的是什麼什麼手提包，兩人喝了一瓶價值多少的紅酒。想一想，按照加爾布雷斯的理論，這些名流們為社會做出了多麼大的貢獻，解決了多少就業問題啊。」

我突然想到，獲得了諾貝爾和平獎的孟加拉銀行家尤納斯，因為向窮人發放小額貸款，打動了諾貝爾獎的評審委員，認為這種方法能夠促進民主與和平，一定程度上解決了窮人脫貧的問題。所以這位曾經努力想獲得諾貝爾經濟學獎的經濟學家和銀行家，陰差陽錯地得了個和平獎。可是，如果按照加爾布雷斯的理論，那最應該得到諾貝爾和平獎的，就不是尤納斯而是敗金女芭莉絲・希爾頓了。

說到這裡，突然想起上海電視台一個辦了好幾年的真人秀節目，類似於《學徒》的那種，要開新的一季，於是在電視上天天打廣告，問大家一個問題：「如果你有100萬元，你會怎麼辦呢？」廣告中出現了許多個上海年輕男女，面對電視鏡頭，他們沒有說要買10支勞力士或者買50件PRADA之類的話，他們的回答是「我要在上海市中心投資房地產」「我要蓋一個室內籃球場」「我要開一間咖啡廳」……只有一個國籍不明、大著舌頭說中國話的黑人說：「我要幫助那些沒有爸爸媽媽的孩子們。」

▋革命式血拚

說到血拚，你腦子裡會出現什麼？紐約的節禮日（Boxing Day）早上在商場門口等五折蘋果電腦的長龍？新加坡熱賣會（Great Singapore Sale）的人山人海？香港打折季傳說中半價出售的 GUCCI？還是上海 Cheap Road（七浦路的戲稱）那便宜得似乎不要錢的衣服？廣州上下九十年如一日震耳欲聾的音樂聲，又或者是郭德綱在相聲《我要旅遊》中一本正經地告訴大家：「知道去巴黎到哪兒買東西嗎？動物園對面，記得說拿貨。」

是啊，這些都是傳統的血拚場所，現在是，以後也許還會是。可是，紐約、新加坡和香港雖然美妙，對於大多數人來說，仍是遠水解不了近渴，比如我的一個小資女性友人，每年一有假期立刻登機去香港，小住幾日。每次回來就哀嘆，一兩萬塊錢跟沒有錢一樣，買不了幾件東西，基本除了吃喝和住宿就空袋了。七浦路和動物園，如雷貫耳，攻略如下：一大早將自己往歐巴桑氣質打扮，手提黑色大塑膠袋，在狹窄的攤位之間以指點江山的熟客口氣說：「這件，那件，先拿兩個中碼的回去賣賣看，好賣我再來。」據說只有這樣，能騙過或者假裝騙過精明的攤主以批發價格拿到衣服，很有鬥智鬥勇的快感。問題是，這些地方的購物環境，連聊勝於無都算不上。

那麼，為什麼不上網買衣服呢？也許是有人仍然對網購心存餘悸。「那可是衣服啊，要往自己身上穿的，光看圖片怎麼知道合不合身、好不好看？」這種想法曾經成為電子商務在中國發展的一大障礙，但是現在已經不存在了。不是怕光看圖片看不出實際效果嗎？賣家們在圖片上下大功夫，將劣勢變成優勢，用大量的、全方位的精美圖片，來擊破女人的心理防線。

曾經有賣號稱原單、尾單的，實際是仿單或者乾脆是假貨的賣家堂而皇之地用品牌官方網站上的圖片來誘人上當。如今，淘寶上信用級別高的賣家，他們才不屑於這麼做。他們所有的照片都是實物圖。只是，他們會將服裝擺放得有立體感，專業打光、專業攝影加上後期專業修圖，那效果，看起來就三個字：「真不錯。」這還不算，你不是擔心衣服的尺寸和質料嗎？賣家會將領、袖、胸、臀、長等所有你需要瞭解的尺寸全部寫清楚，包括衣服的大圖、細節圖、標籤圖、洗標圖全部詳細貼出。還在擔心衣服上身的效果？賣家有

這世界沒這麼忙碌，在碎片如雪花的時間裡尋找樂趣
對奢侈品，你是什麼態度

時候親自披掛上陣，穿上這件衣服真人秀一把，除了秀出衣服的美感之外，更秀出店主誘人的小腰和長腿。面對一片驚嘆和讚美，店主羞澀地說：「過獎啦，我的身材很一般哦，身高只有 160 公分，體重也有 50 公斤呢。這種大街上到處都有的身材，能表現得如此之好，可全是這件衣服的功勞哦。」這句話對 80％的女人都有殺傷力，剩下的 20％可能還有殘存的理智，想起來世界上還有一種叫修圖的技術。

不可否認的是，面對電腦螢幕中這樣的陣勢，女人的購物衝動出現油井般的爆發。我曾經見到過有「0 秒拍」這種瘋狂的行為出現，也就是說一件衣服在網上登出來的那一瞬間，就有一早等候在旁的女人將之買下。0 秒，神仙也看不清這件衣服究竟長什麼樣，但是人家說了，這就是網購帶來的全新的購物體驗，人家樂意！

為了美,你願意花錢還是花時間

這世界沒這麼忙碌，在碎片如雪花的時間裡尋找樂趣
為了美，你願意花錢還是花時間

▌白，永無止境

　　世界上所有的人都喜歡追求自己所不曾擁有的東西，比如窮人想有錢，有錢人想過平淡簡單的生活；沒考上大學的學生們天天喊「我要上學」，考上大學的年輕人痛苦地問：「我是不是應該退學去創業？」身材纖細的女孩想豐滿，豐腴的女子一天吃一個蘋果以達到減肥的效果。總之就是一句話，圍城外面的人想進去，圍城裡邊的人想出來。事業如是、婚姻如是，對美的追求亦如是。

　　為了美，你願意花錢還是花時間？皮膚白皙的西方人嚮往健康的古銅色皮膚，每年一到夏天就去休閒海灘曝曬；沒有時間去海灘的，還想出在室內用紫外線燈照射的辦法來達到美黑的效果。亞洲人的肌膚細膩柔嫩，在西方人看來類似陶瓷。我因為一次在商場做皮膚測試，在「你的皮膚曾經幾次被曬傷」的問題上填了「從沒有」的答案，而導致西方人的大驚小怪和無比豔羨，可見他們對亞洲人的皮膚還是頗嚮往的。可是，我對自己的膚色卻極為不滿，因為不夠白。

　　「一白遮百醜」這句古諺流傳至今，可見有其堅實的群眾基礎。事實上，我們在文學小說中也往往能得出這樣的結論，就是美的級別和白的程度是成正比的。比如在金庸的小說中，雖然偶然出現一兩個皮膚微黑的性格美女，但是大美女如黃蓉，一定是臉龐雪白、眼如點漆的。比黃蓉更高級別的美女小龍女，則擁有躲在古墓中二十年不見陽光造就出來的如冰雪一般的白皙皮膚，一般人不可能為了阻擋黑色素的誕生而把自己關在房子裡如此多年，所以一般人也就美不到這個程度。比小龍女更美的，就是傾國傾城、容顏絕代，一笑能夠化干戈為玉帛的香香公主。她的皮膚白到什麼程度呢？小說中有描寫，說她抬起了手腕，因為皮膚白到透明的程度，所以在白衣服的映襯下，幾乎都看不到手的存在。

　　當白和美緊密聯繫到一起之後，美白就成了潮流。現在大概只有日本藝伎才會把自己的臉塗到和油漆一樣的白了，但是據說在中國古代，無論男女，都喜歡在臉上擦粉，而且生怕「別人看不出來」。他們所用的粉，大部分是鉛粉，講究一點的用米粉，沒有衛生標準，容易致癌。可惜他們不僅沒有意

識到這一點，有部分人還因為化妝程序過於繁瑣，而選擇不洗臉。也就是說，我們現在經常嘲笑韓劇裡面出現的貴婦人頂著一臉大濃妝睡覺的景象，其實在中國古代是頗為常見的。更狠的是，據說還有人吃砒霜來使皮膚變白，結果是可以想像的，輕者中毒，重者斃命。

現代科技發達，大家都已經知道鉛對皮膚的害處，因此利用化妝技術使自己看起來比較白的辦法已經落伍了，高明一點的講究「你看不出我擦了粉」，更高明一點的，講究「你以為我擦了粉，其實我天生麗質，自然皮膚表面就是這麼的白」。正是因為大家開始相信無論是日本製造還是法國製造，無論是西方技術還是漢方科技製造出來的粉，始終都對皮膚有害，於是美白護膚產品開始大行其道。廣告上用「一道光」這樣驚世駭俗的詞語來描述修圖過的模特的白皙程度，又或者宣稱產品中含有釀酒過程中提取出來的某種物質，不僅讓人白，而且白得晶瑩剔透。這一產品，有段時間被揭發含有有害物質而信用度直線下滑。後來據說重新上架了，但原來密集轟炸的廣告再也沒有在電視上見到過。

經此一役，渴望美白的女性們意識到，美白似乎不太可能由外而內，現在最大的希望是從內部開始，由內而外地去改造。於是中國古方又一次被翻出了檯面，只不過這一次大家翻的是醫書，是祕方，甚至是《齊民要術》。書裡面記載的那些「玉容散」「瑩肌如玉散」「八白散」之類的方名，聽起來就像是活生生的小龍女和香香公主在向我們招手。

效果究竟如何？書上只說有用，沒說多長時間見效。好在這些藥方多是以那些以「白」字開頭的中藥製成的，吃畢可能容易導致體質虛寒，倒也不至有中毒之虞。據說英國現在已經上市了一種新型的生物藥劑，吃下去就能讓想擁有古銅色皮膚的人迅速安全地夢想成真。可見美白或者美黑，都要由內而外，東西方終於在路徑上殊途同歸了。

這世界沒這麼忙碌，在碎片如雪花的時間裡尋找樂趣

為了美，你願意花錢還是花時間

▌母親的護膚品

　　據說美女的培養也要從娃娃抓起，真正對女兒有高度期望的母親，會在女兒小時候就做足功夫，吃豆腐、洗牛奶浴、用雞蛋洗頭。可是像我這種對外貌的重要性後知後覺的人，只記得小時候，在嚴寒的冬天，母親用熱水替我洗了臉，硬按在椅子上替我塗上了一層黏糊糊、香氣撲鼻的護膚品，名字不記得，但是我記得當時臉上那種不舒服的感覺，所以後來一看到母親有替我擦臉的跡象，立刻逃走。

　　但是那已經是很久遠的事情了，從望風而逃到羞羞怯怯地到百貨商店給自己買第一支名字叫「綠世界」的洗面乳，再到洗面乳、化妝水、保濕霜配齊，從開始用高絲、歐萊雅一直到倩碧、蘭蔻和雅詩蘭黛，大概花了我十年的時間。如今也是一洗手間的瓶瓶罐罐，幾乎沒有一瓶東西可以用到見底，也幾乎沒有一瓶東西可以有效到令我第二次購買。生活總是一遍一遍地重複，每天早上望著鏡子中的自己心灰意冷，把自己的臉放到放大鏡下面研究，哪裡有了一顆痘痘，哪裡多了一條皺紋，哪裡貌似雀斑，哪裡神似脂肪粒。對現有的東西永遠失望，有效的那一瓶永遠躺在商場化妝品燈火輝煌的櫃台裡，熠熠生光地誘惑著我。當絕望到一定程度的時候，我終於想，是不是要去買LA MER（海洋拉娜）試一下？它包裝簡單、價格昂貴，卻在傳說中令它的創始人——一位臉部燒傷的前美國太空物理學家重新獲得了光潔的皮膚。

　　令我放棄這一想法的原因有三點：第一，我認為在自己還沒有擁有一枚一克拉鑽石戒指的時候就用鑽石粉末來去角質是一件極度不理智的行為；第二，以我這種對效用極為期待過高的性格，我擔心再度失望之後，就沒什麼可念想的了，所以不能自己掐滅了夢想的火苗；第三，我欣喜地發現，現在的時尚是復古。穿衣打扮是這樣，我高中時候最日常的頭戴髮箍、身穿吊帶褲的行頭，如今翻出來走在大街上絕對是名副其實的潮人；護膚品亦如是。十年前羞於拿出手的大寶、美加淨、宮燈、蜂花和片仔癀，如今不僅捲土重來，更因為其「中國國貨」和「安全」的賣點，成為時尚女生們的新寵，儘管在很多人的童年，這些中國國產名牌已經開始式微了。

中國這股國貨風潮的洶湧襲來實在有些令人驚訝，因為每一個名牌的誕生和風行，背後都有一段令人心馳神往的故事，有講高科技的，有講創新的，有講礦物含量的，又或者新興品牌如 ANNA SUI 那樣講包裝的。但是，這些延續了二十年前的包裝、延續了二十年前撲鼻而來的香味、延續了二十年一貫不打廣告的中國國產老品牌，憑什麼獲得年輕、善變又挑剔的女孩的芳心呢？據說，是因為對國際名牌的失望，是因為經管知識的普及讓大家知道名牌的價格有一半用去打廣告，讓那些光彩照人的模特給賺走了。也聽說一貫對護膚品極有研究和獨到心得的日本人，其實明裡將 SK-II 賣到中國，暗裡將大寶、美加淨販回日本，在網站上大肆叫賣。總之，不論是什麼原因，中國女人們覺悟了。

她們開始在商場中尋找，不過商場──尤其是大型商場的櫃位──已經幾乎被國際品牌占領，難以尋找到這些新時尚寵兒的蹤跡了。在超市裡有一些，比如蜂花、百雀羚和美加淨。一些更加冷門的品牌，像鳳凰甘油一號、蛤蜊油、紫羅蘭沉香粉、謝馥春鴨蛋粉這一類的，就只能到網路上去購買。在購物網站上，專門有賣中國國貨化妝品的大賣家，就靠這些賣出價格大部分在十塊錢左右的護膚品，賺到了不少的錢。

這些母親曾經用過的護膚品，真的有用嗎？我曾經跟風買過網路上好評如潮的謝馥春鴨蛋粉送給朋友，據說可以當散粉用，而她的評價是，除了包裝雅緻一點之外，也就比石灰粉略強一點。但是為什麼還有那麼多人趨之若鶩呢？大部分人的回答還是懷舊：「讓我想起了小時候媽媽身上的味道哦。」還有一部分人的回答是：「與其對 400 塊錢的東西失望，不如對 10 塊錢的東西失望，反正都是失望。」

這世界沒這麼忙碌，在碎片如雪花的時間裡尋找樂趣

為了美，你願意花錢還是花時間

▌理想瓜子臉

　　李安一直是我很喜歡的導演，他的電影從《喜宴》開始，一直到《臥虎藏龍》，我全部都有收藏。李安自己寫過一本《電影夢》，書裡對他所拍的所有電影的臺前幕後，都有許多出人意料的花絮描寫，實在適合我這樣對名人八卦頗有興趣的人看。講自己的電影，當然免不了大書特書那部給他帶來奧斯卡小金人的武俠巨作《臥虎藏龍》，除了講自己如何導、演員如何演之外，更不忘了感謝音樂和服裝設計。

　　《臥虎藏龍》的服裝設計葉錦添在業內一直都聲望甚隆，只可惜《射鵰英雄傳》之後，也兵敗麥城，難逃千人同罵的遭遇。不過李安還是很欣賞他，在書裡大讚葉大師的服裝設計如何貼切精妙。他花了整整十頁的篇幅，來描繪他心目中的最佳設計——玉嬌龍去偷劍時候穿的那身黑色夜行服。那套夜行服融合在暗暗黑夜中，我除了記得兩條人影在城牆上飛來飛去之外，一點印象也沒有。不過李安說，那套夜行服的點睛之筆在於臉上的三角形面罩。他說這個遮面的玩意兒，不能太大，大了就粗俗；不能太小，小了就起不到作用；不能太高，不能太低；不能太多，當然也不能太少。總之是恰到好處，凸顯出面紗下女演員那張「欲蓋彌彰的瓜子臉」，嬌豔而神祕。為了達到這個效果，非葉大師親自出手來繫不可，其他人來動手，總是差那麼點意思。

　　看李安說得這麼投入，我忍不住懷疑大導演是不是對瓜子臉有那麼一點不可告人的情結。那麼，什麼樣的臉蛋，算是標準的瓜子臉呢？百度告訴我們說，普拉克西特列斯的著名雕塑《克尼多斯的維納斯》的臉部是公認的魅力樣板，得到全世界人民的喜愛。那是因為這座維納斯的臉，從髮際到下頷的長度與兩耳之間的寬度之比，完全符合黃金比例，也就是傳說中的瓜子臉。看到這句話，再從網上搜出維納斯的圖片來對比，前半句不能不同意，後半句，我只能代表全體中國人民表示懷疑——這樣的臉算得上瓜子臉？那讓李安大導演念念不忘的章子怡的臉，讓全中國女明星咬碎銀牙的范冰冰的臉，算什麼呢？

　　中國傳統審美觀對人的臉部美特別重視，中國古代畫論中有「三停五眼」的說法，說的是人的臉部正面觀的縱向和橫向比例關係。「三停」是指將臉

部正面橫向分為三等分，即從髮際到眉線為一停，從眉線到鼻底為一停，鼻底以下為一停。「五眼」是指將臉部正面縱向分為五等分，以一個眼長為一等分，即兩眼之間的距離為一個眼的距離，從外眼角垂線到外耳孔垂線之間為一個眼的距離，整個臉孔正面縱向分為五個眼的距離。凡按照「三停五眼」的比例畫出的人物臉型都是和諧的。但是，這種臉型並不一定就是指瓜子臉，又或者即便瓜子臉在眾人的眼中特別的美，那也在很大程度上是因為作家或者美術家們從審美的角度來說的，如果讓算命先生來發表觀點的話，也許他們會說，國字臉的臉型是最好的。

　　史書上描寫一代女皇武則天，曾經提到她原本沒有名，是唐太宗賜了一個媚字，說明此女子嫵媚動人，至於她的長相，書上說了四個字：「廣額方頤。」也就是說，武則天這樣貴不可言的好相貌，實際上說白了就是大腦門、方下巴。武則天的照片是看不到的了，不過照相機發明之後的幾個貴人的照片，還是可以參詳一下的。如果說光緒的皇后末代的太后隆裕的長相，並沒有太多參考價值的話，那麼慈禧太后的臉型，怎麼看也是和大腦門、方下巴更為接近，與瓜子臉恐怕是挨不上邊的。

　　即便如此，女人們對於瓜子臉的追求，依然爭先恐後，死而後已。據說因為明清時候封建禮教的壓迫，導致文人們對於女性的審美更加傾向於纖細的、病態的、楚楚可憐的。這種審美情趣往下就體現在三寸金蓮上，往上則體現在瓜子臉上。這種說法，用來推斷明清時候文人畫上一模一樣的瓜子臉美人是成立的。但如今西風早已經東漸，無數姐妹們都發表宣言要以生一個臉闊鼻高的混血兒作為人生目標。女人們對於瓜子臉的渴望，則完全與禮教無關，可能與科學技術的發展息息相關。因為無論是數位相機、錄影機，還是電視機鏡頭加上電視機螢幕，對於人臉的橫向放大作用都是蔚為壯觀的。

　　你在鏡子中左顧右盼，看一百次有九十次能肯定自己長了一張如假包換的瓜子臉，往電腦螢幕上一放，毫不遲疑地就成了一張大餅臉。這口氣，的確很難嚥得下去。可是你無法把鏡子中的瓜子臉傳送給電腦另一端的網友，也沒有辦法一夜之間解決這種電子儀器自動拉寬人像的技術難題，那麼相比較之下，瘦臉就成了難度最低的一個選擇。

這世界沒這麼忙碌，在碎片如雪花的時間裡尋找樂趣
為了美，你願意花錢還是花時間

據電視廣告說，用一種肥皂洗臉，就能以排除滯留臉部軟組織的多餘組織液、刺激細胞的代謝功能及緊實局部肌肉組織來獲得瘦臉成效。據各路明星們說，按摩、通淋巴甚至把腰腹減肥膏擦到臉上，都能造成類似的效果。不過，醫生告訴我們，如果你的大臉是屬於天生骨架寬大，那是怎麼擦和按摩也無法去除的。除非在幼兒骨頭未發育時利用按摩或睡姿來改變臉形，否則成年後你只好找整形醫師做削骨手術，把腮骨削薄，才能達到瘦臉的效果。

這話聽起來很可怕，把「施工」中的圖片拍出來，更能把人嚇死，但是女人往往比想像中更堅強，挨一刀就能換來夢寐以求的瓜子臉，在床上輾轉反側數日之後，總也抵擋不住那誘惑。此風一開，只可憐電視上那些千嬌百媚的女明星們，成千上萬個在下巴上裝著人工植入物、兩腮磨去骨頭的女人在她們的照片上尋找著相似的對象，找到一個便長吁一口氣：「切，原來也不是原裝的，有什麼了不起。鄙人若是下得去狠手，全身上下一翻修，比你也差不了多少。」

蓋因瓜子臉和大白菜一樣，物以稀為貴，當它可以用錢換來的時候，也就不那麼珍貴了。

假髮

　　說起假髮，腦子裡第一反應是什麼？首先，可能會想到浪漫的巴黎貴婦們那直上雲霄的假髮。據說假髮有幾十公分高，裡面填充著雞毛羊毛，不但熱得要死，還時常會有虱蟲爬進爬出，不能不讓人感慨，女人為了美什麼都幹得出來。其次，大概會想起在香港電視劇或者外國電影中還見得到的那些戴著銀白色假髮的律師和法官。據說這個傳統的由來是因為那時候人們覺得銀白色頭髮令人看起來更加威嚴——這一點我非常同意，但是不代表我也同意假髮，尤其是看起來就很假的波浪形假髮也能產生同樣的效果。再次，可能是一個中年大叔散發著油光的「地中海」，類似於常見的某生髮水廣告中的形象，是的，為了遮醜，他大概會擁有一頂一絲不亂的有些刻板的假髮。不管怎麼樣，這最容易產生的三個念頭，就代表了假髮的三個用途：遮醜、美觀、彰顯身分。

　　除了律師和法官的假髮套在中國沒有表現之外，其他兩項用途在中國是早有典籍佐證的。《莊子‧天地》裡就提到，上古虞舜時代，禿者已開始佩戴假髮。而《詩經‧召南‧采蘩》就描繪了為公侯養蠶的蠶婦們頭上縮結的假髮高高聳立的樣子，充分證明了在東周初年，假髮就是一種流行的妝飾，在這一點上，中國的女性又一次走在了時代前端。不過，幾十年前的某個時刻，當中國的女性從老到小突然一刀切把自己的頭髮剪成了劉胡蘭式的模樣之後，假髮的美容作用逐漸為人們所淡忘。這個在詩經《采蘩》中有著「被之僮僮，夙夜在公。被之祁祁，薄言還歸」美麗描寫的假髮，最後成了「地中海」大叔的專用品。

　　但是，不知道從哪一天起，假髮突然捲土重來，大行其道。不僅在街上能看到許多賣假髮的小店，還有專門的假髮批發市場，還出了專門生產假髮的上市公司，成為全球最大的髮製品企業。以前，這家公司是專門接訂單替外國公司生產假髮，如今中國的假髮風潮開始興起，中國國內的專賣店也應運而生了。消費假髮的都是些什麼人？據調查說，以18歲到25歲的年輕時髦女性為主。

這世界沒這麼忙碌，在碎片如雪花的時間裡尋找樂趣
為了美，你願意花錢還是花時間

　　她們買假髮的一個重要原因是，時尚的風頭太難捉摸，飄忽不定。去年還流行長捲髮，今年突然就該改波波頭了；去年剛染的顏色，今年突然全世界都改黑頭髮了，連好萊塢的女星都時不時以黑髮形象示人──可是，細心看，過不了幾天重新亮相的照片，人家的頭髮又黃了，誰的頭髮經得起這樣的折騰？事實證明，誰的頭髮也經不起這樣的折騰，祕密就是，她們擁有一頂黑色的假髮而已。所以，面對洶湧而來的短髮風潮，許多人身不由己地加入了假髮大軍，是啊，誰知道明年會不會又流行起超長的頭髮呢？剪短容易，可是從短髮再變成柔美的長髮，可就得費大勁兒了，所以不如花幾百塊錢買一頂假的，先戴過這一陣再說。

　　買假髮的第二個重要原因是，女孩們對現在的理髮店失望太久了。現在去理髮店，總要再三下定決心，對自己說一百遍「相信你自己，沒錯的」，才能跨進那個門之後不會被宰得失血過多地走出來。想想看，從坐下洗頭那一刻開始，洗頭小妹就會機械化地批評你的頭髮太乾，需要做護理，髮膜做一次當然不夠，得長期堅持。造型師走過來，伸手一扒拉你的頭髮，如果你是捲髮，他會立刻建議你拉直；如果你是直髮，會立刻建議你燙捲；如果你是黑髮，會說做一點顏色比較精神；如果有顏色，會說「好久沒做了吧，顏色都褪得差不多了，我們有一種產品顏色不容易掉，做起來一定會更好看哦」。如果你一概說不，堅持說自己只要修一修就好，他會氣沖沖地拿起剪刀，按照他的想法加上時下最流行的髮型堅定不移地剪下去──這幾個月流行的是瀏海。上帝保佑，上半部爆炸式、下半部長直髮的髮型終於過去了──這個時候你如果還在說不，那麼他會認為你對藝術很不尊重，甚至陰陽怪氣地說：「小姐，您跟時尚已經脫節很久了吧。」

　　在這種行業風氣的威懾下，我把去理髮店的次數減少到一年一次。任由頭髮自由生長的我由衷地認為，假髮的出現是廣大婦女同胞的福音，它打破了理髮店的壟斷，讓我們真正擁有自己想要的。是的，每一件東西的流行，都是有其深刻的社會根源的。

▌像明星一樣坐飛機

　　已經習慣了坐飛機出行,已經習慣了機場的日漸嘈雜和日益嚴重的晚點,已經習慣了在飛機上悶頭睡覺,轉機的時候隨便找個人聊天,打發無聊時光。不過那一次,從北美坐了十幾個小時回來,到首爾仁川機場的時候是當地時間凌晨 2 點,還要等四五個小時才能轉機回來。於是幾個可憐的轉機人困在椅子上睡覺、打牌、看電影、聊天。因為素不相識,也因為在旅途中,談話內容難免包括各自去過什麼地方、見過什麼奇聞軼事。那日我抖擻精神,從美洲講到歐洲再講到中東,把那個留學生小女生講得一愣一愣的,就快將崇拜說出口了。這時候金雞破曉,東方露出了魚肚白,仁川機場從睡夢中醒來,一群空姐拖著行李箱,踩著半高跟鞋談笑著走過,在我們對面的椅子上坐下,一起從包中掏出 LV 皮面的記事本開始開會。小女生立刻被她們吸引了,努力聽了一會兒電視中如今出現頻率僅次於華語的韓語之後,回頭跟我說:「看人家光彩照人的,哪跟咱們似的蓬頭垢面。」

　　我鬱悶了,講了大半夜的趣聞,抖了一地的包袱,就因為幾個空姐的出現,我立即被那個小女生劃為一類。可是到洗手間照照鏡子,經過十幾個小時飛行折騰的自己,除了蓬頭垢面,也的確沒有其他詞語可以形容。

　　於是我開始恨那些影視劇,劇中的女主角們無論坐了多久的飛機,坐的是直升機、商務機還是大客機,從機艙中出來走在機場長長的甬道上,永遠是那麼光彩照人,頭髮一絲不亂,裙角飛揚,高跟鞋走得「噔噔噔」的,彷彿剛剛從化妝間中走出來一樣——實際上,她們也的確剛剛從化妝間裡走出來。我想,我就不信,就算天仙化人,也抗不住飛行十幾個小時的折磨。據廣告裡說,機艙中的乾燥程度可是沙漠的好幾十倍哪。

　　網上能搜到的搭機攻略說,像明星一樣走下飛機,不是不可能的,因為沒有不美的女人,只有懶女人。同理,沒有不美的旅行者,只要你照著攻略上說的做,就一定能保持著美美的儀容。第一,在上飛機的頭一天,在家裡親手做一頓美味可口又營養的飯菜,當然以蔬菜和水果為主,放到冰箱中,第二日帶上飛機以代替可怕的飛機餐,吃得好才能保證心情好。第二,所有人睡覺都會把頭髮睡得亂七八糟,所以應該在出門之前洗頭,在頭髮還沒有

這世界沒這麼忙碌，在碎片如雪花的時間裡尋找樂趣
為了美，你願意花錢還是花時間

乾透的情況下編一個麻花辮並盤成髮髻緊緊地盤在頭上，這樣睡覺就不會弄亂頭髮，到了目的地將頭髮放下，哇，還有天然的波浪，動人心魄哦。第三，在飛機上要保證睡眠。在飛機上睡覺肯定不如床上舒服，這樣會對皮膚產生不好的影響，所以記得帶一條絲巾，注意，得是真絲的，睡覺時候鋪在枕頭上，又軟又滑，絕對不傷皮膚。第四，就是常聽人說的，敷面膜保濕了。

這幾條攻略，聽起來似乎不難，寫攻略的人說，只要做到以上幾點，保證讓在千里之外等待的另一半在看到你的一瞬間有看好萊塢黃金時代經典電影的感覺。我心動不已，仔細研究準備實施。第一條不用看就否掉了，出門前收拾東西都要拖到最後一刻的我，實在不太可能專門做一頓飛機餐，而且做這頓飯之前還有工程不小的買各種蔬菜水果的過程。第二條也不可能，因為中醫說，頭髮不乾透就盤在頭上，容易有頭風，得頭痛病。而且我很難相信一個人能頭頂一個髮髻呼呼大睡。第三條似乎難度不大，可是當我帶著絲巾上飛機，拿著枕頭比劃了半天之後才不得不告訴自己一個真相，寫攻略的人說的大概是頭等艙。至於第四條，我根本就沒有列入實施計劃，除非飛機上有小孩太過吵鬧，塗一個大白臉嚇唬他一下，倒不失為一個好辦法。

怎麼辦呢？看完攻略，我一如既往拖著我的大箱子，過安檢，在航空管制中排著一個小時又一個小時的隊，精疲力竭，睡眼惺忪，滿腹怨氣。我只能一廂情願地相信，相較於電影女主角的意氣風發，在千里之外等我的那個他，更愛我被飛機摧殘的容顏。

減肥時代

據說所有的男生都是反對女生減肥的,又或者,他們支持自己觸不到的女生減肥,因為養眼,同時他們強烈反對自己的女友或者太太減肥,因為怕半夜摸到一具骷髏被嚇醒。為此,他們經常用一些語重心長的大道理來勸說愛好減肥的女性。比如,太瘦了對身體不好,這是最常見的。比如,胖也可以很美的,君不見體態豐腴的楊玉環,把見慣了風流人物的唐玄宗迷得神智不清。再比如,據說從歷史走向上分析,一個社會經濟發達國力強盛的時候,整個社會的審美取向會比較傾向於肥美一些的女性,如中國的唐朝、現在的美國。所以,男生得出結論說,中國經濟越來越好,女人也應該越來越胖才好。

關於最後一點,女人有話說:誰告訴你美國人以胖為美的?對,美國的確大胖子遍地都是,但是科學家們分析過,胖,是因為垃圾食品吃得多,吃垃圾食品多的人,大多數收入不高。可曾見比爾‧蓋茲挺著個大肚腩出現?所以,在那個經濟發達的國家裡,胖也不是什麼好事情。男人想提醒女人,女神凱特‧摩絲也曾被人批評太瘦,指責她帶壞了社會風氣,但是女人們看著網路、雜誌上充斥著的歐美明星街拍的照片,看著妮可‧李奇從胖到瘦的脫胎換骨,人氣暴漲,腦子裡只剩下了一句話──越瘦越開心。

減肥已經是一種社會風氣了。前些年我發現了一個規律,就是人對錢的慾望是沒有止境的。月薪一千的時候想,想著如果有五千自己就知足了。到五千的時候想一萬,到一萬的時候想三萬,到了三萬,抬頭看看,頂上還有無數百萬富翁呢。這幾年我發現,女人對於減輕體重的慾望,也同樣是沒有止境的。80公斤的時候想,能減掉5公斤就好了;60公斤的時候想,50公斤就標準了;等到了50公斤的時候,去各種美容瘦身機構一看,一大把排骨妹在裡面花上萬塊錢想把自己減到40公斤。

減肥的方法很多,一開始我以為萬變不離其宗,不過就是三種辦法:不吃飯,吃藥(包括中藥、西藥和某些據說能減肥的茶或者如蛔蟲卵之類的噁心玩意),還有就是鍛鍊。不過,這兩年隨著減肥意識的深入人心,我發現了各種各樣的竅門,許多據說還是明星們傳出來的。比如每天光喝優格;每

這世界沒這麼忙碌，在碎片如雪花的時間裡尋找樂趣
為了美，你願意花錢還是花時間

天吃蘋果和可樂；每天只吃煮紅豆，不加糖；早中晚各喝三杯黑咖啡。對於這些儉省的減肥辦法，我持懷疑態度，因為那些瘦骨仙一般的女明星，在公眾場合說自己其實很愛美食，保養祕方是要多吃水果蔬菜，私底下卻流傳這些沒有科學依據的減肥方法，同時還為那些纖體公司拍大幅廣告，收取代言費。據某廣告公司設計人員爆料：「扯淡。某女明星的纖體廣告讓人猛流鼻血是不是？那可是我們幾個人不眠不休修圖了幾個通宵搞出來的呀。」

最後，不能不承認的是胖瘦與個人的體質有關，有人天天喝雞湯也不胖；有人每天只吃一頓青菜，還去健身房跑三個小時，體重依然每日看漲。若要感嘆上天如此不公，其實不必。某日看舊書，突然發現豐腴女性的領軍人物楊玉環，內心也並不快樂。史傳楊貴妃也曾減肥，她的方子比較風雅，是用的單味桃花。用桃花 10 克泡水，不時飲用，不但能減肥而且能使臉色紅潤。這個桃花減肥法得到過李時珍的首肯，他認為桃花能「走泄下降，利大腸甚快，用以治氣實人病水飲腫滿、積帶大小倒閉塞者，則有功無害」。厭倦了價格不菲的冷繃帶、熱繃帶的人不妨一試，不過效果恐怕很難保證，因為玉環似乎以肥始、以肥終，從來不曾聽說她變成了趙飛燕。

▌你為何那麼晚睡？

　　1973 年，堪薩斯大學經濟學教授穆罕默德・A・艾・霍迪尼先生完成了一篇經典巨作，名字叫《睡覺經濟學》，宣稱他首次發現並闡明了兩個關於人類睡眠的基本定理。霍迪尼教授雄辯地指出，每一個具有正常理智的人，都會力求選擇和控制自己的上床時間，以便使其效用水準達到極大化。經過一番眼花繚亂的數學演算，兩大人類睡眠基本定理出爐。定理一：古往今來一切正常人，每天上床時間均相同。定理二：絕大多數正常人，每天平均睡眠 8 小時。看到這裡，是不是覺得這個經濟學教授吃飽了沒事幹，花了大力氣來論證這兩條三歲小孩都知道的道理？沒錯，這篇文章本來就發表在當年《搞笑》週刊的第 250 卷第 3721 頁。

　　當然，拿「睡眠」兩個字玩花樣，這位經濟學教授遠不是中國人的對手。在中醫理論裡，睡眠的講究大了去了。比如，睡眠應該春夏秋冬各有規律。春夏應「晚臥早起」，秋季應「早臥早起」，冬季應「早臥晚起」。最好在日出前起床，不宜太晚。又比如，睡覺時應該頭北腳南，定位準確。因為人體隨時隨地都受到地球磁場的影響，睡眠過程中，大腦同樣受到磁場干擾。人睡覺時採取頭北腳南的姿勢，使磁力線平穩地穿過人體，可以最大限度地減少地球磁場的干擾，使睡眠更加香甜。再比如睡覺的姿勢要張弛有度，身睡如弓效果好，向右側臥負擔輕。研究表明，「睡如弓」能夠減小地心引力對人體的作用。由於人的心臟多在身體左側，向右側臥可以減輕心臟承受的壓力……

　　是的，我們從小在這樣深厚的睡眠文化中浸淫長大，可是年紀越大卻越發現，睡眠問題很大。問一個簡單的問題：你晚上一般幾點睡覺？如果你的答案是一個小於或等於 10 的數字，那麼問問題的人一定會瞬間瞳孔放大，滿面驚詫地看著你，彷彿你是一個史前動物。因為這個時間，你不是在 PARTY，就應該在去 PARTY 的路上；或者不在加班，就是在加班回來的路上。當然，你還可以用「美容覺」這個國粹式的說法來遮羞。因為根據中醫的理論，人的血液循環是配合時辰的，子時循環至頭部，丑時循環至肝臟，

這世界沒這麼忙碌，在碎片如雪花的時間裡尋找樂趣
為了美，你願意花錢還是花時間

依此類推，在子時的時候就是血液走到頭部也就是臉部的時候，所以在10點鐘上床睡覺，皮膚就能白裡透紅哦。

對這個說法有點心動？不妨回家一試。但是現在的年輕人，有幾個人能10點鐘躺在床上之後，保證在半個小時之內就能安然入睡？據統計，75%的年輕人都沒有辦法做到這一點，而且越是年輕力壯的社會中流砥柱，失眠的問題就越大。比如說我，當然，我只是自認為還年輕，與砥柱沒有任何關係。我在睡覺前總會陷入一些兩難的選擇。寫東西？可能會讓腦子興奮了導致睡不著。不寫東西？可能會因為腦子不夠疲倦而睡不著。喝點紅酒？可是醫生說，酒精會讓人興奮導致失眠。什麼也不喝？躺在床上翻來覆去，雖然不興奮可也不是個辦法。做點運動？專家們倒是同意這個方法，說只要適量就能幫助睡眠，可是這個度，實在有些難把握。練瑜伽或者在跑步機上跑半小時，之後歇口氣再洗去一身汗，一看時間早就過了美容的子時，睡意卻還在某個不知名的角落等著我招手。早點上床數綿羊？試過10點睡的，睡到12點、1點自然醒了之後，漫長的後半夜，無心睡眠，好在網路上還有不少人陪著聊天。繼續晚點上床睡覺？晚上床是最沒有精神負擔的壞習慣，每天晚十分鐘，到現在直接空投去歐洲根本不用調時差……

專家說，年輕人睡眠問題嚴重，跟職場競爭激烈有很大關係，壓力太大，當然會影響睡眠。我很感激專家給我的這個臺階，不過不敢苟同。當年我採訪過中國最大電腦公司的總裁，當時他剛剛上任，意氣風發的同時也萬眾矚目。那一天不知道誰問了他一個問題：「您一般晚上幾點睡覺？」他回答說：「11點。」舉座皆驚，大家都絕望地想，日理萬機、壓力超大的他，11點就洗洗睡了，咱們幾個爬格子的，每天熬個什麼勁兒呢？不知道，大概，就是不想睡吧。

馬路上的半邊天

這世界沒這麼忙碌，在碎片如雪花的時間裡尋找樂趣
馬路上的半邊天

▎逍遙騎士

美國有一種影片類型，叫公路電影，就是幾個人開著車，在美國寬廣無垠、一望無邊兼沒有收費站的高速公路上，可著勁兒地跑。一路上有夫妻反目，有兄弟情仇，有黑幫打打殺殺，當然也有男女的恩恩愛愛，端的是路短情長，一路上說不盡的風光旖旎。最出名的當然是《末路狂花》，其實英文名字是《Thelma & Louise》，兩個家庭不幸福的女人離家出走，一路上被警察追捕，追到盡頭也不肯回頭，開著車衝下懸崖。美國人電影拍得好，但是片名實在起得一般，斷然不如「末路狂花」這樣蕩氣迴腸，一語道盡片中所有豪情與辛酸。

中國人拍電影，什麼都學過了，但是公路電影始終學得不像。當年都說香港電影工業發達，但是在那彈丸之地，公路電影會被拍成港島一日遊，未免對不起觀眾。至於中國，經濟基礎決定上層建築，當汽車還沒有普及的時候，當收費站三步一崗、五步一哨的時候，哪裡拍得出兩個家庭婦女義無反顧離家出走，狂奔上千公里的豪情？

當然，現在公路電影大致也不用上電影院去看了。某個週末我和一幫兄弟開車幾百公里去北戴河，一路上的所見所聞，比公路電影更讓我大開眼界。首先，是我沒見過一個和農貿市場如此相像的高速公路服務站。偌大的停車場裡橫七豎八地停滿了各色車輛，每輛車的旁邊都圍著少則兩個、多則五六個追逐打鬧的人，人聲鼎沸，就差沒有小販推著小車叫賣。

其次，在路上再次不幸遇到車隊。據說各色俱樂部的車隊一到週末就在北京周邊的高速公路上為禍人間。從車尾貼著的號碼來看，我們碰到的車隊有50多輛車，一字排開，個個打著雙閃燈，以80公里/小時的速度占據著超車道。當然偶爾也有個把車輛，在超車道上待久了，想出來透透氣，就打著雙閃燈竄出來，晃蕩一下又別回去，驚起高速公路上剎車聲一片。給我們開車的是個小夥子，血氣方剛，看到這種情況心裡很是不服氣，立馬一路往前趕，發誓要把這作威作福的車隊甩到後面去。後來我們好不容易趕上了頭車，各位觀眾，睜大眼睛看好了，開道的是一輛警車，沒開警燈，但是一樣

打著雙閃，一看就知道他們是一夥的。於是我們車上的人面面相覷，不約而同吐出四個字：「原來如此。」

　　說到這裡，突然想起最近看的一部公路電影，叫做《危險情人》。茱莉亞．羅勃茲開著她嫩綠色的金龜車，穿過美國南部和墨西哥，一路是美不勝收的熱帶風光，去尋找帥哥布萊德．彼特。儘管危機重重，依舊感覺風月無邊。而影片與現實的差距，就像我們自己的公路與美國的公路之間一樣，有著一個太平洋的距離。

這世界沒這麼忙碌，在碎片如雪花的時間裡尋找樂趣
馬路上的半邊天

▍樂土終結者

  我在去多倫多之前，對北美那個被媒體吹噓渲染過的汽車王國，有著非常美好的憧憬，據說那裡汽油比水還便宜，據說在那裡，人民幣20多萬元就能開上嶄新的賓士，據說那裡的高速公路絕不收費，上了路就放開腳丫子跑，一直向北，就能順著寬闊的大路跑到北極去。相信就算是現在見了大把世面的北京司機，聽到類似的描述，都忍不住地心頭鹿撞，眼冒羨慕之情。更何況我當時只是一個在廣州花2000塊錢在一輛沒有冷氣的小貨車上學習，駕駛技術惡劣到花了幾百大洋打點，才勉強考過路考，從此再不敢往路上開車的菜鳥，聽到這些消息，就別提多振奮了。

  但是，正如我一向認為的那樣，媒體不是那麼可信的，資訊大多是誤導的，現實是沒有那麼美好的；又或者，只能說我是生不逢時的。當我踏上那片樂土的時候，樂土已經被人改造過了，而對其進行徹底改造的，據說正是我們親愛的同胞。

  據我聽來的說法是這樣的，因為移民的湧入，更因為不少中國移民粗糙的駕駛技術和極差的交通法規意識，導致多倫多的交通事故直線上升，交通環境明顯惡化。為了保證駕駛者的安全，也為了保證保險公司在巨額賠款之後還有利潤空間。一方面，交通部提高了考試的難度，到達了吹毛求疵的地步，把一些交通事故扼殺在搖籃裡。另一方面，就是大大地提高保險費，尤其是對在加拿大只有一兩年駕駛經驗的人，使其在經濟上負擔不起。簡單地說，也許你真的可以用20多萬元人民幣在多倫多買一部賓士，但是你為這輛賓士花的保險費，可能比車錢還貴。

  我很痛恨這個新的變化，我也認為這是對中國移民的歧視。但是在我還沒有買車的時候，我就在報紙上看到這樣一則新聞，說某日在高速公路上，一對夫妻開著車就吵起了架。妻子吵著吵著，氣不過了，就來了一句：「你再說，我就把你閨女扔出去。」說完，就抱起幾個月大的寶寶，伸出了車窗。當然，這是一句嚇唬人的話，問題是旁邊車道上的車突然看到這輛車的車窗裡伸出一個小孩子，在伸手伸腳地哇哇亂哭，一害怕、一踩急刹車，停住了。

他這一停不要緊，後面幾十部車連環追撞，成了一大事故。警察一聽此事，追上去把那對夫妻逮住一看，原來是一對華人。

至於後事如何，我沒有聽說，但是這則新聞在當地甚為轟動，嚴重影響了華人形象，並使得華人作為交通環境害群之馬的形象更加深入人心。我不信邪，花少許錢買了一部二手車，屁顛屁顛地就上路了。

我在多倫多開車的第二個星期，就被堵死在401高速公路上。塞車在多倫多是不太多見的，就算塞，也很少堵死。但是那天真的是堵死了。因為有一對夫妻，在下班的高峰時期，徒步上了這條寬闊的高速路。他們爬過了欄杆，在汽車疾馳的道路上緩慢地穿越。他們沒有生命危險，因為他們很快就被警察帶走了，而且非常不幸的是，這又是一對華人夫妻。

所以有時候，我覺得他們對華人的不滿其實也不是完全沒有道理的。

這世界沒這麼忙碌，在碎片如雪花的時間裡尋找樂趣
馬路上的半邊天

▌最美的季節，最浪漫的事

　　加拿大緯度高，多倫多雖然已經在加拿大的最南端，和美國城市底特律隔著安大略湖相望，但依然是夏日晝長夜短得離譜，所以大多數中國人已經遺忘了的「夏令時間」這個詞，到了加拿大以後又被重新拾起。因為加拿大不得不實行夏令時間，不然一直到晚上 10 點鐘，還不見暮色低沉，實在是會嚴重影響大家的生活規律，影響工作效率。

　　不過夏令時間只能催促大家早一點上床，卻還是無法收攏大家被夏季溫煦的和風吹散了的心思，這麼美好的季節，讓人怎麼能安心在辦公室裡朝九晚五呢？所以據說加拿大的全民工作效率，一到夏天就會打一點折扣。不過大家也都知道，加拿大人民本來也不是特別勤奮的民族，「春困秋乏夏打盹，睡不醒的冬三月」用來形容他們最合適不過。加拿大人夏天雖然不打盹，卻忙著到處遊玩去了。就算不去荒郊野外，只是上街蹓躂蹓躂，也能看到和平常不一樣的風景。

　　一直都覺得在多倫多的街頭看不到多少俊男美女，多的是身形臃腫、舉止懶散的老頭和老太太。不過到了夏天，那些平時不知道藏在哪裡的年輕養眼的小夥子、年輕女孩呼啦一下全都冒出來。他們穿著性感清涼，開著敞篷汽車，小麥色的皮膚和金色的頭髮在夏日午後的陽光下閃閃發光，那種肆無忌憚的快樂，當真讓人羨慕得緊。當然，我最羨慕的，還是那白人女子天生的修長而豐滿的身材，以及她們穿著比基尼走在大街上從容不迫的神態。這樣的清涼尺度，我們亞洲女子還是不要輕易嘗試的好。

　　那年夏天是出乎意料的炎熱，過慣了涼爽夏日的多倫多人大呼受不了，更何況大部分的公寓也是沒有裝空調的，以前哪裡需要那玩意啊，全世界最大的森林覆蓋面積，就是最大的自然空調了。如今夏天終於過去，中國人傳統的立秋到來的時候，多倫多發生了兩件事情，給大家的心裡增添了一絲涼意。一是多倫多最大的華人超市金山超市倒閉了。這間曾經是移民生活的一部分的連鎖店倒閉事件，成為最熱的話題。周圍的朋友突然之間都成了經營管理專家或者八卦提供者，這麼大的一個超市，究竟是因為擴張太快、經營不善，還是兄弟反目或者賭債纏身而倒閉，每個人都能說出一段故事，分析

出一點深刻的道理來。二是多倫多下了一場大暴雨,引發了一場大停電,許多路口的紅綠燈都不工作了,相當影響交通。許多老移民一面收拾家裡被泡水的地下室,一面搖頭嘆息,說幾年前一次大暴雨,也發生過類似的事情。但那時候,所有的車到了路口,全都自覺地當作四面停牌(all way stop sign)來處理,井井有條,根本不需要警察來幫忙。如今,不但警察忙不過來,連志工在路口指揮交通,都有很多不聽指揮的人硬要衝闖馬路,「真是人心不古啊」。

這世界沒這麼忙碌，在碎片如雪花的時間裡尋找樂趣

馬路上的半邊天

▌不要跟我提交通規則

　　那年3月初，我興沖沖地從北美那兀自風雪呼嘯的大陸潛逃回國，不知道為什麼就覺得腰桿比前幾次回國要硬很多。我出國的時間不長，但回國的次數不少，每次回來看著留守在這裡的親朋故友們，個個張羅著買140平方公尺以上的豪宅，為選擇羅馬式還是田園式裝修風格頭痛，以一種矜持的口吻拒絕在給我接風的飯局上喝酒，聽到他們說「一會兒還得開車」的時候，我的內心就忍不住要流血，因為我覺得和他們一比，我就像一個古人。

　　但是這次不同了，對不起，事先一定要請大家原諒我過於淺薄的虛榮和無知，但是作為一個坦蕩蕩的人，我一定要在這裡向全世界宣布，是的，我終於在北美，也開上車了。更重要的是，我可以挾「西方先進開車模式」，以一個開過洋車的海歸身分，對我那些朋友們偶爾闖個紅燈、時常以軋腳指頭來恐嚇行人的行為，進行無情的批判和再教育。至少，我也可以坐在36℃高溫下仍然不肯開冷氣的計程車裡，時不時地驚聲尖叫，並在下車的時候腿腳發軟，作「侍兒扶起嬌無力」的貴妃出浴狀。在我純潔的心裡，我想如果我可以做到這一點，一定可以為自己吸引更多的人氣。

　　可是後來我發現，我低估了計程車司機見多識廣的程度。當我坐進計程車並按照事先設計好的台詞，聲色俱厲地指責司機切換車道轉彎不看盲點的時候，司機斜了我一眼，道：「小姐，沒開過車吧。」我漲紅了臉剛想表明我的西方師承淵源，司機伸出手指，點點汽車後視鏡，說：「我們從這裡看後面的車，OK？」我訕訕地笑，原諒了他一次，心想原來是國情不同，原來中國的汽車設計和北美不一樣，人家看盲點不需要像搖撥浪鼓一樣地甩腦袋。當我鼓起勇氣，指責他小路出大路，不讓大路的車的時候，司機終於作恍然大悟狀，道：「我明白了，原來您是海歸哪。」

　　我下車付錢的時候，司機收了錢，把收據給我，一面語重心長地說：「我送您一句話。交通規則雖然大，但是大部分情況下，咱得看現場，是不？就是警察來了，他也是這句話。所以不要以為自己有理，到時候，吃虧的是自己啊。」我不知道說什麼好，站在馬路邊，看他熟練地入檔走人。透過車窗

玻璃，我清楚地看到他在暗自搖頭，而他的一聲嘆息，彷彿車尾的青煙，飄散在風裡。

我不是一個堅強的人，所以經此一役，再沒有屢敗屢戰的豪情。我改變了策略，絕口不提交通規則，而是把我的愛車照片，貼在胸口，逢人展示。因為我知道，當時我的車在中國國內，還屬於價格高而不實用的小資用品，那就是著名的金龜車。一開始我這條戰略非常奏效，因為我的一眾朋友個個小資，看到了鋥亮的金龜車，禮節上還是要「哇」一聲的。

沒想到的是，一招不能走天下，我很快受到了兩方面的重創。一是我一個號稱廣告學專業的表妹，在「哇」一聲之後，與我侃侃而談當初金龜車一面世就被定義為二奶車，之後如何如何轉變形象的所謂經典案例。我破口大罵她的老師誤人子弟，信口開河，但是很明顯，我不能扭轉她老師在她心目中的光輝形象。二是金龜車降價了，而且一降就降到了二十幾萬元。那一天我一上MSN，就有無數個人撲上來問候我的金龜車，而就在那一天，不堪忍受的我終於把MSN的名字換成「誰再跟我提金龜車，一世沒發達！」

▌喝酒與開車

我要說兩個真實的故事，有關酒後開車的。

話說大約 20 年前，本人還是一個小學生。那個時候，上海牌手錶是一件貴重財產，收音機也還沒有被淘汰出家電行列，自行車更是出門必備的工具。至於私家車，不要說在大街上見得不多，就算在我們家那黑白電視機裡，出現一部汽車，也夠我目不轉睛地看上半天。就在那樣的一個大時代中，我父親的一個朋友老魏，卻擁有一個令無數人豔羨的手藝——開車，而且作為某工廠負責運輸的人，他開著一部高大英俊的三菱貨車，上山下鄉地亂竄。

這個老魏，是一個不折不扣的酒鬼。每次到我家，把我們家各種酒，不論是白的、黃的、還是紅的，喝了個底朝天，說了一晚上酒話之後，才心滿意足打著酒嗝出門。當年我們誰也沒有駕照，也沒有進行過交通規則的教育，因此誰也不知道醉駕的危害，高高興興地把老魏架出去，扔到他那部進口貨車的駕駛座上，替他關上車門，說句：「小心哪。」老魏含糊不清地答應著，發動汽車走了。

諸位看官，看到這裡的時候，請千萬不要為這個老魏擔心，我向大家保證，20 多年後的今天，老魏依然時不時地上我們家討酒喝，身體倍兒棒，吃飯倍兒香。當年他喝了一肚子酒，搖搖晃晃出門，第二天早上醒過來，通常會發現自己的車翻在公路旁邊的田裡，而他在土地和青草的芳香中，又睡了無比香甜的一覺。老魏爬起來，周身查看，原來車未毀、人未亡，於是他找來幾個農民想辦法把車子給翻過來，又繼續走在了老路上。

老魏自己藝高人膽大，但我不是。他的故事，給我本來純淨美好的童年製造了一點輕微的陰影，因為在我長大成人之後，才理解這件事情的結果可能會是多麼的可怕。在這裡，又要說到我所接受過的西洋交通規則教育了。我是個遵紀守法的人，在拿到西洋駕照之後，一直戰戰兢兢，遵紀守法，多年以來從來沒有落入過警察或者監測照相機的手裡。迄今為止，只收到過一張價值 15 美元的停車罰單，理由是我的車沒有能夠停到和路肩平行。

喝酒與開車

某天，和一個朋友吃完飯，開車回家。注意，那天開車的不是我，是我的朋友，而我的朋友在吃飯的時候喝了一瓶啤酒。美國的飯館裡沒有我們的飯館裡那麼大瓶的啤酒，都是酒吧裡賣的那種小瓶，所以以我朋友的海量，本不算什麼，再說交通規則也是允許大家喝一瓶啤酒後駕駛的。

但是，我們還是不出所料地被警察給攔下來了。警察把我的朋友揪下車之後說：「從1數到10吧。」朋友很聽話地數了。警察說：「從10數到1吧。」朋友又數了。警察不高興了，他想了想，說：「從2010數到2001。」朋友肚子裡一瓶啤酒在關鍵時刻發揮了一點兒微不足道的作用，不太流利的英語發揮了關鍵性的作用，加上警察不屈不撓的追問下，民族尊嚴感的抬頭又起了一點火上澆油的作用，於是從2010到2001這個艱難的過程中，口吃了一下。警察就笑了，說：「請跟我們到警察局走一趟吧。」

老魏和我這個朋友酒後開車的不同結果，讓一向遵紀守法的我有了一絲困惑。

這世界沒這麼忙碌，在碎片如雪花的時間裡尋找樂趣
馬路上的半邊天

▎「公主與農夫搶道」

　　小時候喜歡看些雜書，看到書上寫唐代的長安城繁華如夢、人流如織，可見「公主與農夫搶道」。這句無心的話，困擾了我許多年。我很是不明白，在大街上，社會階層相差了十萬八千里的公主與農夫，怎麼會爭起路權來了呢？我們在電視裡經常看到窮小子中了狀元，興致勃勃地衣錦還鄉，一路上衙役開道，高舉「肅靜迴避」的牌子，很有震懾力。這位狀元的威風，能不能和大唐公主相比呢？想必是不能的。在大唐那個神奇的朝代，盛產肆無忌憚、飛揚跋扈的公主，且不說公主的嬌縱程度，人家的鸞駕儀仗一擺開來，沒有一千公尺也有五百公尺，早就把那個不知死活的農夫擠到一邊去了，還怎麼爭道？又或者，真的是百密一疏，讓一個不要命的農夫從一旁撞將出來？那麼，如果這是一個慈愛、善良的公主，吩咐手下不與農夫為難，將他趕到一邊去也就算了；如果這是一個知法、守法的公主，以衝撞公主的罪名把這個農夫抓去見官，也就完了。何至於大失體統，當街與農夫搶起道來呢？

　　於是我得出一個結論，就是唐朝的長安和現在的北京一樣，是一個交通混亂的城市。在北美的時候，每次開車跟在公共汽車後面，都會被公共汽車屁股上一行聲色俱屬的字嚇得心驚肉跳，「讓公共汽車先行，這是法律」（please yield to the bus, this is the law.）。有了法律這根大棒，公共汽車優哉優哉地以 60 公里/小時的速度勻速行駛，從不超速，也不用搶道，人家有優先權嘛，想轉彎的時候自然有法律開道，哪裡需要去搶道呢？當然，公車遇到了警車、救護車、消防車的時候，也得乖乖地靠右停下，給它們讓道。

　　這一套規矩，到了北京就完全行不通了。中國國內的交通規則有沒有規定公共汽車先行我不知道，但是公共汽車司機明顯因為自己的車子大，就覺得自己成了「公主」了，想幹麼就幹麼。我曾經不止一次，在三環路上看見公共汽車載著一車人，呼哧呼哧地超了一輛 BMW。甚至有一次，我看到公共汽車司機對自己前面的警車相當之不滿意，拚命衝它按喇叭呢。

　　公主級的公共汽車和農夫級別的計程車搶道，那是北京城每日固定上演的劇目，走到哪裡都會有相似的劇情可供觀賞。每天總有那麼幾次，「公主」

和「農夫」互不相讓，碰撞到了，於是公車司機和計程車司機下車理論。計程車乘客通常就溜了，剩下一整輛的公車乘客，在高架上大眼瞪小眼。至於警車或消防車，似乎被滅了威風，除了被嬌縱的「公主」按喇叭之外，想要跑得快，也就是一個「搶」字訣。

　　「公主與農夫搶道」的精神，延續千年不滅，是為中華民族的「文化遺產」。

裸奔的汽車

小時候看媒體上講美國是一個騎在汽車背上的國家，有著很有趣的汽車文化。比如汽車貼紙文化，在金龜車的屁股上貼一張紙，宣布自己長大後要變成凱迪拉克，什麼「離遠點，別吻我」之類的。這篇文章不知道為什麼，給我的印象特別深刻，所以到了北美之後看到滿大街光溜溜的車，感覺自己受了欺騙。原來他們的汽車相當的簡潔，沒有貼紙，沒有後照鏡上晃來晃去的偉人頭像，車窗上沒有百葉窗、沒有窗簾，座位上也沒見過坐墊。一輛輛車素面朝天，所不同的大概只有灰塵的厚度而已。一場雨過後，也就塵歸塵，土歸土，所有的車光鮮乾淨，世界平等而美好。

可是，在中國，開著一輛什麼裝飾都沒有的車上街，那感覺就跟裸奔差不多——不，裸奔是不對的，一定會有人出來阻止。當我想把一輛裸著的車開出車行的時候，業務就一把將我拉住，告訴我車玻璃應該貼膜。我問：「為什麼要貼？」答曰隔熱。我說：「夏天只是四季中的一季，真正熱的時候，大概兩個多月，為了這兩個月一天到晚貼著個黑不啦嘰的膜，沒必要。」他說：「不貼膜，別人能看到你。」我說：「走在大街上，我也沒有戴面紗，我不是大美女，不會引起交通事故的，請放心。」他說：「大家都貼，就你不貼，你看不見大家，大家都能看到你。」

就為了這句話，我被說服了，當然，我也知道他是為我好，因為按照他的說法，貼膜是送給我的，他並沒有賺我的錢。後來他又向我推薦了諸如小豬枕墊、米老鼠坐墊、毛茸茸的方向盤套，還有「熊出沒注意」的貼紙。我除了詢問了一下「熊出沒注意」究竟是啥意思之外，一律斬釘截鐵拒絕，昂首挺胸地走出擺了三四輛樣車和堆滿了各式各樣美容用品的車行。

回家之後，我就研究了一下貼膜，發現業務以外的專家們，對貼膜的評價並不高。車膜能防紫外線是真，但是功用究竟有多大，跟貼膜的質量有莫大關係。市場上充斥的劣質貼膜，貼了著實不如不貼。據說在發生交通意外的時候，車膜能防止破裂的玻璃掉下來，但是專家說汽車車窗的玻璃本來就跟一般的玻璃不一樣，貼了膜反倒使得本來碎成小碎片的玻璃變成大塊的掉下來，更加危險。貼膜最大的好處是讓車外面的人看不到裡面，但是對車內

的視線影響也是巨大的。更重要的是，因為前面的車也貼了膜，你無法穿過前車看到更遠的路況，無法提前準備，因此很多交通意外由此發生。真正有價值的一種車膜，據說也是在國外唯一沒有被禁止的車膜叫防彈膜，一輛車貼下來大概在 1 萬到 2 萬美元左右。問題是，在北京的大街上發生槍戰的機率有多少呢？

　　研究完畢，我仍然貼著我的車膜滿大街跑，僅僅是因為我沒有「裸奔」的習慣。可是每天晚上在黑壓壓的停車場倒車的時候，我都無比痛恨自己這種隨波逐流的行為。

▌醬缸開車文化

我有一次晚上看電視，一個還頗有名氣的年輕女演員上訪談節目：「談到自己的特點，下面的人就說了，飆車。然後她也很高興地說：「對，就是喜歡開快車，簡直就是不能容忍高速公路上自己前面有車，只要有車，就一定要超車，心裡才舒服。」主持人問：「最快開多少？」她說：「220。」主持人說：「呀，這麼快，夠吊銷駕照的了。」她說：「是啊，我都重考六回了。」

接下來就說到參加賽車表演，她為演員爭了光之類的。這個節目看得我心裡很是不舒服，我一向憤慨中國人開車秩序之混亂，心態之急躁，技術之毛躁——當然，其實據說技術是過關的，只是中國人講究的技術是在車群中殺出一條血路，比別人更快穿過一個十字路口的技術，而不是安全駕駛的技術。

我曾經為這個問題尋找過很多原因，比如開車人的自覺性不夠、駕訓班老師的責任心不夠、沒有在第一時間普及遵守交通規則是如何重要這一理念，還有交警執法不力，等等。我堅信，棍棒底下出孝子，嚴法之下才有好公民。

最近我又找到了一條新的原因，就是媒體對於這種不遵守交通規則開快車，只求自己快不顧他人安全的行為，基本上持鼓勵的態度。這就很可怕了。這位女演員公然稱自己開車時速達到220、重考六次，舉座不以為恥反以為榮的態度，明擺著覺得吊銷牌照無所謂，違反交通規則有什麼大不了。更重要的是，我開爽了，這就是有個性啊。補充一句，這個女演員當年走紅是因為演了一個極溫柔、善解人意、具有犧牲精神的角色。

訪談節目如此，汽車廣告更可怕。常見的汽車廣告場景有兩個：一是在山路上飆車，二是在街道上飆車。尤其是在街道上飆車的，擦過少女的裙襬，飛過老太太的腳面，吹起兒童頭上的軟髮，在車流中左右穿插，在黃燈變紅的瞬間衝過白線，開車人臉上的表情，就兩個字——驕傲。

還有一個場景稍微少見，但是每次看到我都會義憤填膺。就是兩輛車的車頭相對，擺出決戰的架勢。突然，兩車同時加油，輪胎發出刺耳的摩擦聲，

醬缸開車文化

只見一番眼花撩亂的動作，濃煙翻滾，戰局結束——其中一輛車搶到了停車位。從這個廣告我看出兩點：一是在停車場搶位是常態；二是搶位的行為是光榮的，搶不到車位是可恥的。

記得《別了，溫哥華》熱映的時候，我們正好在多倫多。看這部戲的時候，大家都在笑，說：「你看這幾個人開車的架勢，就是在中國國內開慣了大爺車的。」上了車不打燈，不看盲點，直接關門點火走人。這樣開車，別說做接送生意了，才上大街就被警察攔下了。

後來我仔細看了一下，外國影片裡頭開車的鏡頭，基本上的確是該打燈打燈，該看盲點看盲點。估計是因為這幾個習慣動作，已經成了自然，改不了，除非他們到了中國。在北京的大街上混幾天，那些外國人開車已經比中國人還橫，他們開的是郭德綱所說的「大使館的車」。而那些在中國大街上橫衝直撞的小夥子們，到外國去住幾天，被警察訓幾回，漲幾次保險，開車比誰都老實。

小時候看柏楊寫醬缸文化，心裡很不贊同。不過，到現在我得借用一下這個詞。因為開車的問題，已經有點醬缸文化的意思。落入這個醬缸，就一起變黑，越來越黑。

▍開車焦慮症

在北京，幾年前朋友聚會，大家都下了班，不辭辛苦地坐公共汽車去集合點，吃喝完，再合夥叫個車回家。住得最遠的那一個往往會愁眉苦臉，因為他不僅要順路送很多人回家，還有可能要付全部的車費。這個情況後來得到了緩解，大家出門各搭各的車，各走各的路，基本不會出現合夥叫車、一人買單這樣沒有良心的事情了。最近這幾年，偶爾的同學聚會，次數少了很多，選擇也少了很多。因為就像小說裡寫的那樣，好飯館都藏在巷子深處，但是因為路不好走，沒有停車位，而從待選餐館中排除。是的，停車成為聚會能否成功舉行的首要因素。而且，聚會即便千難萬險地成行了，也只能叫上兩瓶大可樂，清談為主，把酒言歡、借酒撒瘋的日子，是一去不復返了。

是的，汽車已經成為我們生活中常見的日用品。前美國總統小布希曾批評美國人沉浸在汽車中不能自拔。而剛剛進入這一場汽車的狂歡盛宴的中國，道德問題與環保問題暫時還沒有時間被拿來拷問。但是，中國開上了車的人，真的就都快樂了嗎？答案其實沒有我想像的正面。儘管我以前走在馬路上，聽到身後想讓我讓路的不耐煩的汽車喇叭聲，覺得開車的人好像覺得自己就一個字，跩。可是，媒體的調查結果顯示，其實有六成的開車人在接受調查的時候表示，自己開車的經歷非常不愉快。簡單地說，就是上車就生氣，不管是大老爺們還是優雅淑女，從跨進汽車駕駛座的那一刻起，就患上了一種叫開車焦慮症的病。

從生理上來說，人的情緒與氣溫有著密切關係。當氣溫超過 35°C、日照超過 12 小時、濕度高於 80% 的時候，氣候條件對人類情緒的影響就明顯增加。而對於汽車的車內空間，無論電視廣告用多麼絢爛的畫面和優美的詞彙來強調它的寬大，也不能改變它實際上就是一個狹小空間的事實。這樣的空間關住了人們的心靈，限制了人們的視野。從人的心理變化來講，擁擠、車多、人多、氣候惡劣都會令人煩躁，更何況很多人經常是一個人駕車，獨自在一個狹小的空間裡，寂寞很容易被強化。於是，這似乎就能解釋為什麼很多人一上車就開罵。

但是，正如俗話所說的，一個巴掌拍不響。即便一個人因為天氣悶熱、空間狹小而氣鼓鼓得像個火藥桶一般隨時準備爆炸，也總得有個導火線才能炸。從這個角度說，能每天把馬路上超過六成的人都給點著了，只能說明一點，那就是馬路上的引爆點實在太多了。在東三環沒點著，兩個小時蹭到北四環，總能給點上。

加上塞車的比比皆是：碰上換車道肯打燈的，那是你今天運氣好，出門遇到好人了，很多人切換車道的時候不要說打燈，連看一眼旁邊車道的工夫都沒有。在空蕩蕩的高速路上以限速速度走在中間車道上，仍然被身後狂奔而來的車閃大燈，那也不稀奇，只能當這條路是他修的。遇到走不動了，右邊緊急停車道上會出現一群自以為比你聰明的人；等到緊急車道也走不動了，左邊逆行車道上會出現一群更加聰明、更加大膽的人。在這種情況下，你只能仰天長嘆了。

我一直覺得自己是一個好脾氣的司機，當然，是指我在加拿大的時候。後來在北京，為了適應這裡的交通狀況，我找了一個教練練習了幾天，結果教練對我的評價就一個字：面。按照他的說法，像我這樣停在小路口等大路上沒有車再出去的，等到天黑也沒戲。就得橫在馬路中間，後面的車過不來了，你自然就出去了。路上車太多，並排的時候不能指望別人讓你，就得硬擠，擠到人家不讓就會撞上的時候，他就不能不讓了。他還給我說了一個笑話。一個女司機剛上路，有一天停在三環路上哭，把後面都給堵死了。後來有人問她好端端為啥哭。女孩說：「我想出去，他們就是不讓！」我問：「那她該怎麼辦？」教練回答說：「先出去再說！別怕，別看我們北京司機火氣大，其實腳底下都帶著剎車呢。」

這世界沒這麼忙碌，在碎片如雪花的時間裡尋找樂趣
馬路上的半邊天

▋開車那點事兒

　　某女，春節過後開始學車，三月底赫然四處打電話報喜說，一次性考過了。我們都很絕望地表示，現在的考官也太不負責任了吧，又一代馬路「女殺手」就這樣放出來了。我還問過她：「你現在覺得自己是不會開呢，還是不會開呢，還是不會開呢？」她自己也笑道：「確定以及肯定的不會開呀，要不是教練車上的副剎車，姐姐我身上已經有好幾條人命了。」

　　她還繪聲繪色地向我們描述考試那天的經歷，講到考試中間車子熄火的時候，我們都已經面無人色了，自排車的車子熄火，這得多大難度啊。她說：「是啊，所以我也覺得自己沒戲了，後來簡直就是亂開。考官讓右邊停車，我看的是左邊的鏡子。」「然後呢？」「然後就過了啊！」她得意洋洋地說。

　　最後我們得出結論，因為她太可怕了，考官不想再見她第二回，所以就乾脆地把她給打發了。她自己還補充說，其實教練也不太想再見到她了，所以想盡辦法快速地讓她畢了業。當然，有瞭解學車行業的朋友說，這是普遍現象，不管你學得是好是壞，從教練的角度出發都是越快打發你走越好。因為現在行業競爭激烈，學費不貴，都是幾千塊錢包過的那種，想要賺到更多的錢，當然只有從提高效率入手。每一個學員都占著一個教練、一台車，只有減少每個學員平均學習的時間，才能提高學校的利潤。他打了個比方：就好比開一個飯館，老闆不太在乎每桌點多少菜，更在乎翻桌率，一晚上一張桌能坐十輪客人，保管老闆樂開了花。

　　不管我們如何分析，如何鄙視和嘲弄，這個女孩手上的駕照總歸是真金白銀、如假包換的。雖然她現在很謙虛，表示會先租輛車練練手，等熟練的時候再給我們當司機，但是這也說明了一點，遲早有一天，此人是要被放到街上去的，然後慢慢地由生活把她磨成一個熟練的司機。

　　我就是這樣慢慢成長起來的，從一開始的戰戰兢兢到後來的遊刃有餘，從一開始能不開車就不開車到後來兩天不開就手癢，現在我周圍的朋友都知道我是個喜歡開車的女人。據說，女人一般都是不喜歡開車的；或者說，女人一般都是不太懂開車的。這絕對不是性別歧視。有時候我在路上遇上開得

特別慢或者一看就不可靠的車，心裡頭忍不住就會想，一定是個女性司機開的。追上去一看，十次有八次是對的。還有兩次是男的，不過人家在打電話。更不用說還經常在論壇上看到有女孩子發文，標題總是諸如「神啊，我考了三次還沒過」「上帝啊，我一個月出了五次事故了，好人們啊，教教我到底怎樣才能開好車吧」之類的。

可見，女人不愛開車基本已經成了共識了。後來有一次，有個雜誌要做一期策劃，主題是「愛開車的女人」。編輯打電話來給我說：「聽說你喜歡開車。」我想了想說：「還行吧。」編輯大喜過望，說要採訪我。

她問：「為什麼喜歡開車？」我說：「操縱的感覺很好啊。」她問：「什麼叫操縱的感覺？」我努力組織語言，「就是隨心所欲地駕駛，任何動作都在掌控之內的感覺吧。」她很疑惑，「所有人不都這樣開車嗎？為什麼你就會覺得有所謂操縱的快感呢？」我鬱悶了，口不擇言道：「不會啊，我開以前那輛車就沒這感覺，換了車之後明顯感覺不一樣了。」她說：「你不是給某某車做廣告吧？」我說：「那好吧，我換個說法。操控的感覺，車和車是不一樣的，人和人也是不一樣的。就好像打球，你看過人打網球吧，能精準地把球控制在我想要的落點上，而且是我頭腦中計算好的速度和旋轉，這就叫操控。」然後她問：「你最快開過多少？做過最瘋狂的事是什麼？」我回答說：「我從來不超速，法律規定能開多少開多少，我也沒做過任何瘋狂的事。」她最後無奈地又問：「你真的愛開車嗎？」

終於，她讓我對這件事也產生了懷疑。也許，我愛的真的不是開車本身，而是這種行為帶給我的心理上的滿足感，那種自由的感覺。

這世界沒這麼忙碌，在碎片如雪花的時間裡尋找樂趣
居住是一種行為藝術

居住是一種行為藝術

▎喧囂是一種行為藝術

前幾年去深圳躲避北京的沙塵暴，先在城中村裡吃香喝辣，完了也聽從建議，順應潮流去找中醫物理治療按摩，以調理一下在北京被風沙吹得渾身不對勁的身體。一邊按一邊聽倆中醫聊天，一個說：「現在的房仲業務服務態度都不如以前了，以前一天幾趟地帶你上樓下樓的看；如今眼也不抬，纖手一揮，誰來都一句話，『晚了就來不及了』。」另一個中醫就感嘆道：「今時今日這樣的服務態度真是不行了，可是這買房跟買菜似的，還能強求什麼呢？」

在北京的房價漲幅達到 17% 的時候，所有的房地產商和房仲業務們都鬆了一口氣。媒體繪聲繪色地報導說，北京的房仲業務欣喜地訴說著她們在一線的發現：「我們的建案從春節開賣後，基本上是一天一個價，已經從開賣前的 6000 元 / 平方公尺漲到 10000 元 / 平方公尺。看房的人卻越來越多，我們根本不愁賣。」

在這個時候，突然有些懷念起 2005 年的夏天，那時候房地產商們為了自己的建案煞費苦心，也大撒金錢。當時在業界流傳著這樣一個故事。在房地產新政之下，某個賣豪宅的公司很希望盡快造成轟動效應出貨。有企劃公司就獻計，說既然別人能把女子跳水運動員拉去社區造勢，吸引一眾中年男性實力購房者，那麼我們為什麼不把足球界皇馬七顆巨星雲集在我們的豪宅門口呢？當時這個生猛的構思被老闆喝止了，讓企劃公司鬱悶了很久。不曾想不久以後，在北京某路口的另一個建案的廣告上，赫然出現了皇馬幾顆巨星的身姿。原來皇馬中國行的時候，這幾顆巨星還真的被請去該建案坐了坐。不過事隔一年之後，如果有幸去該建案看房子，皇馬巨星的廣告牌是早已經不見了，建案外長達公里的坑窪小路和魚龍混雜的店鋪也著實讓人心驚。當然，隨之油然而生的是一種難以抑制的自豪感，那幾顆巨星任何一個人的身價，足以買下這整條街，可是在中國的房地產商的運作下，不也一樣要經過這條骯髒泥濘的路，給建案打廣告？這種行為，果然配得上「銀河艦隊」的稱號啊。

在明顯求大於供，買到房子等於有面子的時代裡，服務態度已經成為最微不足道的一個需求了。甚至房子本身的好壞，也成為可有可無的一個指標，只要是房子就能賣出去。在這樣的大環境下，北京北五環外的建案，廁所與廚房面對面；東四環外號稱南北通透的戶型，只有主臥一個窗口朝南，進深將近十公尺的房子一律躲在北側；東五環外南方來的開發商，在銷售手段上略為高超，悄悄將附近的違章用充滿東南亞風情的塑膠廣告牌遮擋，戶型設計上也科學了很多，而房仲業務卻忘了告訴來看房的人，馬路對面就是化工廠，日夜噴吐濃煙。

和中國人的買房強迫症相呼應的，是買車綜合症，而最好賣的，除了四萬起價的中國國產小車之外，就是頂級豪車了。據說，這幾年勞斯萊斯在中國的消費量以令人咋舌的速度增長。有趣的是，在早上9點的高峰期，這輛裝備奢華、手工打造的豪車如果膽敢出現在朝陽北路和東三環路一帶的話，極可能會像虎落平陽、龍游淺灘一般地與沒有空調的中國國產夏利汽車等擠在一起。在等著過紅燈的時候，不小心就會有小廣告從窗戶中悄悄塞進來。而價值一百元的自行車，在早晨尚算清涼的風中，以比勞斯萊斯更快的速度，在綠燈變成黃燈的瞬間與它擦肩而過。但是，中國人已經培養出了一種習慣，即消費的是事物本身，至於與事物相配套的環境，不管是豪宅對面的經濟適用房，還是豪車窗外擁堵的路況，都只能舉手投降。

如果曾經服務態度一流的房仲業務，也成為前文的中醫口中的那種模樣，那麼喧囂，也許已經成為這個行業唯一的形容詞，成為不可避免的一個取向和流派。在這場轟轟烈烈的購房運動中，人的需求被降到了最低。

這世界沒這麼忙碌，在碎片如雪花的時間裡尋找樂趣
居住是一種行為藝術

▌相看兩不厭，唯有紫禁城

　　小時候對北京有一種莫名的崇拜，現在想起來，可能是那個年代的愛國主義教育影響，一看到新聞聯播裡北京天安門的高大門樓，就忍不住的心情激盪。所以，在考大學的時候，把所有的志願都貢獻給了北京大大小小的高等學府，終於了了平生的夙願。這個壞習慣一直延續到現在，也沒能徹底改了。因為我現在北京生活，字裡行間的，有意無意就要提一句，想我某年在北京的時候，北京是如何如何的，彷彿說明了自己和北京的淵源，於是我也就有了來歷，有了傳承似的。當然了，後來想想，覺得潛意識裡面，自己只是在緬懷大學歲月，那裡有我與年輕和貌美最接近的年代，那裡還有很多我的前男友或者試圖成為我前男友的年輕人們。

　　閒居海外的時候，因無錢，所以就成了「寓公」。住在一間朝西的幾十年的老公寓裡面，雖然窗外是無敵美景，視野廣闊，也不免自憐自艾是棵無根的野草。其實這一點哀怨是我作為中國人的一點劣根性加想不開，幾十年的公寓聽起來恐怖，但是國外的建築公司還是有良心的，無論是堅固度還是內部保養，就連用了幾十年的電梯，都不比中國國內某些國際大都市價值幾萬一平方公尺的高級公寓寒磣。住公寓怎麼了？中國人說到租房子，就兩眼有淚光閃動。我隔壁的外國老太太，其實還挺有錢的，沒了老伴之後，覺得住在大房子裡面太冷清，偌大的院子自己也收拾不動，更不要提冬天鏟雪，所以才賣了房子住進了公寓。她可沒覺得住公寓就沒面子了，每週六的下午，別提她家的搖滾樂響得有多帶勁了。

　　但是那是人家的心理，我是個中國人，我就是覺得住在租來的房子裡面沒有根。這時候，一個大學時代的朋友竄上網來問我想不想買房子，我脫口就說想。至於買在哪兒，我想了想：自己這幾年四海為家，在好幾個城市都待了那麼一兩年，捫心自問，還是對青春時期的北京最有感情，於是就狠狠地在電腦上打出兩個大字——北京。

　　朋友嘿嘿笑了，說：「我賣一套給你吧。」我頓時恍然大悟，道：「原來在這兒等著我哪。這天高地遠的，也不忘算計我！」事情的來龍去脈是這樣的：她，就是我的老同學，和她的先生，其實也是我的老同學，兩個人畢

業之後一起進了公家機關，工作穩定，好歹是個「京官」。單位的福利也算不錯，有買房福利，兩人今年都有了資格。40多平方公尺，位置當然好得不得了，肯定在市區，雖然舊點，勝在便宜。兩人想，沒必要買兩套嘛，賣一套，賺點錢補貼新房也不錯，於是就四處尋找買家。

我雖然有些鬱悶兩個人想在我身上「榨取」血汗錢的行為，但是在北京擁有一套自己的房子，對我來說也的確是一個不小的誘惑。因為我這幾年頻頻說自己在北京住了多少多少年，但是住來住去，總不離海淀西北角那邊，再多被問幾句，就忍不住露了怯，坦白說自己其實只住過學校宿舍，六個人一間的那種。雖然我經常不忘用最自豪、最文藝的口氣，回憶起從宿舍的窗口看出去，就是頤和園的萬壽山，看日落的餘暉照在萬壽山頂的佛香閣上，頓生多少感慨啊。但是離開了那宿舍，就很難說自己和北京有多少淵源了。

於是我小心翼翼地問：「你們那房子，打算怎麼賣啊？」老同學說：「單位賣給我們20萬，我25萬賣給你，還是比市面上便宜，你再轉手，賺個一兩萬也是有可能的。怎麼樣，這筆生意還做得過吧？」我頓時大怒，罵道：「你們兩口子的心也忒黑了，一分錢成本沒有，就賺我5萬，我出的幾本書，敢情全友情贈送給了你們哪。」於是氣呼呼地下線，與那兩口子絕交長達一個月，並不時地喃喃自語，控訴公家機關對國家公務員的道德品質監控不力。

後來我原諒了他們，是因為我很快就聽說，他們其實也是白日做夢，怎麼可能兩個人能從單位買兩套房呢？這個福利，可是只能享受一次的。但是這件事情對我產生了很不好的影響，在北京擁有一套自己的房子這個想法，就像野草一樣啊，在我的心裡蓬勃生長，不可抑止。

我在房市一片大好的歡呼聲中回了中國，鼓起勇氣再戰，一心想忘記自己在廣州、深圳、上海甚至在我老家看房連遭慘敗的經歷，一再告訴自己，北京和那些地方不一樣。廣州、深圳的好日子已經過去了，上海樓市已經瘋了，老家則是另一套打法，不可理喻，我不跟他們玩，我回北京去，一定能在那裡找到一個理想中的家園。

不能不承認，我在南方住的時間稍微長了一點，回到北京立刻覺得有些水土不服。比方說建案的名字，南方的建案特別庸俗，也特別實在。貴的房

這世界沒這麼忙碌，在碎片如雪花的時間裡尋找樂趣
居住是一種行為藝術

子，就取個富麗堂皇的名字，像「帝景」「雍雅」；便宜的房子，就取個實惠的名字，如「康樂」「宜居」什麼的。可是到了北京，一入市，那些個拗口的、不知所云的名字，就把我打暈了。光看名字，我完全不知道這房子在賣什麼。當然，在第一眼看到這些名字的時候，我也不知道賣的是一間房子還是一個建案。光看名字，我也不能看出這房子大概是貴是便宜，是賣給有家有口的人的還是賣給單身人士的。最惡劣的是，這些建案還喜歡在名字或者廣告裡面夾英文，半洋不土的，讓我完全找不著方向。

後來我又發現了北京建案的另一個特點，就是還停留在賣戶型的階段。無論買房的還是賣房的，大家上來二話不說，就看戶型。在國外的幾年時間裡，因為無聊，也因為鄉愁，在圖書館借了無數中文書回來，其中當然沙石俱下，有好書，也有不少宣揚封建迷信思想的不健康書籍，包括風水。研究了幾天住家風水，學成歸國的我有了用武之地，我摩拳擦掌，打算在講究戶型的北京房地產市場大顯神威。

結果，當然是我把無數的發展商挑落馬下，打翻在地，在房仲業務無辜而絕望的眼神中揚長而去，揮揮手不帶走她們的一張名片。說句實話，我在和北京房地產商的較量中，不斷退守，不斷放棄自己的守地和原則，不斷和自己的堅持爭戰，不斷告訴自己房子是一項遺憾的藝術：沒有最好，只有比較好；沒有比較好，只有過得去；沒有過得去，只有差不多；沒有差不多，只有湊合住。我已經不太介意陽台外面豎著一根大煙囪了，但是那也不能豎兩個電台發射塔，日夜輻射啊。我已經不太介意臥室和臥室門對門了，但是大門進來可不可以不要一眼就能看到浴廁的門戶大開呢？我已經不太介意房仲跟我說，他們這個大樓便宜，沒有公共設施，但是絕無不方便之處，因為大家可以使用隔壁大樓的公共設施。但是他怎麼可以下一句話就攻擊隔壁大樓，說他們的公共設施不合理，連自己本身的業主都不能滿足呢？在長達一個月的看房子生涯之後，我幾乎精神錯亂了。

有一天，我聽說我親愛的母校附近，那個叫青龍橋的地方，被一個來自南方的開發商看上了，準備在那裡蓋房子，預計售價會在每平方公尺 2 萬元左右。我立刻芳心大動，鄉愁渺渺，飛向那圓明園以西、頤和園以東，和北

大清華兩大名校比鄰的具有深厚歷史傳承文脈的地區。儘管每平方公尺 2 萬塊錢的房子對我來說完全可望不可即。而且仔細一想，儘管青龍橋那個地方號稱圓明園以西、頤和園以東，但是要想從那個地方看到園子，或者到北大清華的校園裡蹓躂，比我和 2 萬一平方公尺之間的距離更加遙遠。但是我忍不住在一個悶熱無比的中午，搭上了一趟公車，晃悠了兩個多小時，從最東邊到了最西北角，故地重遊。

我的母校已經改頭換面，破舊的大門已經不見，我們吃喝過的小飯館成了大馬路。為了驗證「城市建設的進程就是破壞綠化的進程」這句話，學校裡面和外面的大樹，也一律不知道哪裡去了。我趴在嶄新的大門上，隱約彷彿看到了宿舍紅色的磚牆在夕陽下有了一種我從來沒有見過的雍容的氣質。想起我住過的那個房間，現在也許正能看到萬壽山上的群鴉飛過的身影，我頓時有一種想放聲大哭的衝動。

看到過一個故事，說有一個外地人想在北京買房子。他四處打聽，到處看房，可是就是找不到一所理想中的房子。有一天，他來到了北京的市區，看到了一處紅牆黃瓦的處所，容積率低、綠化好、保全物業都無懈可擊，終於覺得自己找到了理想中的居所、幸福之家。他興沖沖地問售樓處在哪裡，回答曰：「我們這裡只有售票處，沒有售樓處。」原來他的理想居所是故宮。

我當時聽後哈哈大笑，後來才知道，原來人的境遇，竟能如此的相似。我們兩個外地人，在北京遇到了同樣的問題，「除了紫禁城，我們還有別的選擇嗎？」想來想去，我突然就發了一個宏願，等哪一天我有了錢，就把我的老宿舍買下來，日日對著萬壽山，看個夠本。只怕到了那時候，能看到萬壽山的窗口已經萬金難求了。

這世界沒這麼忙碌，在碎片如雪花的時間裡尋找樂趣
居住是一種行為藝術

▎房子裡的青春

多年前，我住在一個據說房價曾經是中國國內最高的地方，但是等我到達那個城市的時候，在地下流淌著陰溝水，頭上飄揚著萬國旗的都市景觀裡，已經完全看不出房價曾經飆升過的痕跡。

現在想起來，那裡仍然彷彿夢幻一般的完美，三房兩廳、一百多平方公尺的房子，地處江邊，站在陽台上就是無敵江景，隔江就是小資得一塌糊塗的酒吧，一進門小區保安就唰地給我敬禮，讓我一個剛剛脫貧的窮學生第一次領略到了所謂的豪宅景象。

我有點不明白我一單身女子租這個房子來幹什麼，而且我也不認為我租得起，房產仲介卻對我很有信心，告訴我這個房子的售價曾經是 18000 元每平方公尺，但現在的月租一個月才 1800 元。然後他還神神祕祕地告訴我，這房子的主人，還是個名人，我如果租了下來，也就跟名人零距離了一次。

我當時年紀輕，經不起誘惑，再三追問到底是什麼名人，仲介死活不露口風，只說租下來，簽了字就告訴我。為了追星，為了和一個還不知道姓名的名人拉上一點關係，我跟同事合夥把這個房子租了下來。當然，最後的結果是經紀說出了那個名人的名字，只可惜我和同事面面相覷，一點頭腦也摸不著。而且後來這個名人房東也從來沒有親自出現收個房租什麼的，我們和他之間唯一的聯繫，只限於每個月在銀行的 ATM 上按下一串他的銀行帳戶交租金。

到目前為止，住在江邊豪宅裡的不到一年的日子，竟然是我印象裡最輕鬆愉快、陽光燦爛的時光。首先是因為我們單位給了每個人 900 塊錢的租房補貼，我們兩個人等於沒有花錢就住上了房子。空出來的那一間，把同事已經退休的父母接了來住。從此下了班有飯吃，有煲湯喝，那小日子過得真是滋潤。套句俗氣的話說，快活不知時日過。還以為那樣的生活會永遠過下去，永遠用單位給的錢白住著名人的房子，回頭想，這想法確實不可靠。

我曾經很看不起某些女性朋友成天省吃儉用要存錢買房子的行為，我的理論是女人買房不如買衣服打扮打扮自己，男人不會因為女人有房而上鉤，

只會因為女人的外表而動心。當然後來無數次的事實證明，我的理論是百分之百錯誤的，女人的外表絕對沒有我想像中那麼有殺傷力，而房子卻是全部男人和女人的心頭肉，誰擁有了房子，就擁有了一塊永遠打不垮的心理高地。這也是為什麼我一個女同事在咬牙交出自己的全部積蓄和老媽給的私房錢，勉勉強強交了首期款，在都市邊緣地區的高架橋下買了兩房的一片天地之後，膽氣倍增，最近竟然也開始投訴說晚上在路上遭人吹口哨調戲了。

▍一個人應該住幾間屋子？

　　一個人應該住幾間屋子的問題，在現在這個時候提出來有些不合時宜。一方面是因為現在流行以家庭人口平均占有的面積，而不是用屋子的數量來衡量現代化的程度；另一方面是房價繼續漲到老百姓們心驚肉跳的時候，還談什麼幾間屋子的問題？這不是找打嗎？有一間就不錯了。

　　之所以在這個不合適的時間提出這個敏感的問題，純粹是因為看到媒體上介紹，作為英國五大建築商之一的大衛·威爾森公司聯合諾丁漢大學住宅環境研究所和萊斯特大學心理系的專家一起做了一項實驗。他們選擇了一個典型的中產階級家庭——四口之家，在每個人的手腕上戴上電子追蹤儀器，讓他們在一棟半透明獨立屋中住了半年。四個人的行為都被記錄下來，加以電子數據化，心理專家分析之，終於解決了一個問題——為什麼大多數房間只有一個人在使用。

　　更讓人受不了的是，在回答了上述問題之後，建築商開始解決這個問題。於是在土地日趨緊縮的情況下，建築商決定向上和向下索要空間，終於打造出了一個共 4 層、11 個房間，外加浴廁、蒸汽浴室和葡萄酒窖的住宅。這套完美住宅被命名為 Tardis，據說是某著名科幻肥皂劇中時光穿梭機的名字，推出市場，要價 100 萬英鎊。

　　說實話，儘管心理學家已經得出結論，證明大多數時候一個人占用一個房間的必要性，但是 11 個房間對於四口之家來說，絕對寬敞得有些過分了。但是心理學家說了，實驗證明，空間越大，家裡的兩個孩子吵架的機率越小，所以房間盡可能多，是完全有必要的。

　　看過這個實驗，再去瞻仰富豪胡雪巖的豪宅，就難免會望樓歔欷。寫胡雪巖的歷史小說不少，對胡雪巖 300 萬兩白銀打造的府第，無一例外地大肆描寫其奢華程度。說元寶街宅第，外牆黑色的牆腳石磨得鋥亮，可以當鏡子用；白牆之高，仰望之時帽子都會從頭上掉下來。豪宅內有長弄，姬妾按照排列安置。一般有錢人家用上好的金絲楠木打造一副棺木就不容易了，而胡雪巖能用金絲楠木蓋一座廳房給寵愛的羅四太太住。至於他自己時常居住的

場所,則是用紅木中最昂貴的雞翅木打造,樓上有一張八寶床,上面鑲滿了珍珠瑪瑙和寶石。最負盛名的芝園,用一石難求的太湖石,搭成幾丈高的假山,山上有閣。攀緣而上,此處則是當年杭州城最高的建築物,站在這裡,遠眺孤山,武林門的景物則盡收眼底……

所謂家大業大,錢一多,家裡的人口難免就多。除了在小說中經常出現的羅四太太之外,胡雪巖的小老婆一般來說有十幾個,多的有說上百。《清稗類鈔》中說,胡雪巖每天晚上在銀盤中隨手拈一張牙牌,挑中誰就寵幸誰。有這麼多小老婆,難免雨露不勻,我們經常在小說中讀到「娶回家來,新鮮了幾天,便丟開了手。往某個小跨院中一扔,就忘到腦後去了」這樣的經典描述,不過這種說法明顯不適用於胡雪巖。雖然,在胡雪巖故居中隨處可見小妾的居所,但是從數目來說,遠遠不夠一一對應。後來解說員指著某處小樓,說這裡就是胡雪巖小妾們住的地方。據解說員介紹,因為人實在太多了,就蓋了這座樓,樓上很多間房,小妾們一人一間,就跟集體宿舍似的。別以為這是胡雪巖歧視小妾,所以待遇低下。據解說員介紹,著名的清雅堂設計高雅、用料講究,但是裡面住了胡雪巖的十個兒子和九個女兒。其居住狀況,比我們大學宿舍好不了多少。

這就證明了一點,中國古往今來第一有錢之人,在全盛時期起了一座大屋,一間金屋藏多嬌,對於空間的追求,用一句話概括,叫做重質不重量。有無足夠私人空間不重要,會不會因為人際距離太小而引發家庭爭端也不重要,重要的是,在建築材料上爭奇鬥豔、推陳出新,想別人所不敢想,造別人所不敢造之物。

現在的中國,古風猶存啊。

這世界沒這麼忙碌，在碎片如雪花的時間裡尋找樂趣
居住是一種行為藝術

▎有錢就住四合院？

烏鎮現在是浙江省的旅遊重鎮，可以說是西湖之外最顯著的一個文化標誌。那些遠道而來的旅遊愛好者們，在闖過烏鎮的小橋流水，嘗過臭豆腐，穿梭過狹小的弄堂之後，對全浙江的小鎮都產生了不可抑止的杏花春雨一般的幻想，在回程的遊覽車上不住地感嘆：「這樣的地方，才是人住的。」

如果按照這樣的標準的話，我奶奶成了我認識的唯一一個還住著「人住的」房子的人。當然，最重要的一個原因是，因為她住的那個四合院是一座保存完整的江南四合院，有了一點點的文物價值，所以院子外面立了一塊石碑，上面寫上了「文物保護單位」，因此經濟發展帶來的拆房子運動，暫時還動不到她頭上。

其實，我奶奶也不覺得住四合院有多好，她一輩子住在這裡，就覺得四合院不如樓房乾淨乾爽。我躺在院子裡曬太陽，跟她說這房子要是在北京，咱就是有錢人了，她聽後笑得跟朵花似的，但是我感覺她似乎不太相信。

不過，北京人肯定信。這些年，**轟轟**烈烈的四合院運動風起雲湧，關於四合院的建築結構是多麼符合人體健康標準，多麼天人合一，中國的城市歷史就是四合院的變遷史這樣的文章一篇接一篇地在報紙上發表。而最能證明這個現象的一個例子是，20年前率先從平房搬進樓房的那群人，再次率先落地，又搬回平房了。只不過，現在平房被拆成了稀缺資源，千金難求一院了。

據說北京最有錢有勢的人，住在南池子大街那一排原生態的四合院裡，從門外經過，只看見外面朱門繡戶，裡面樹影婆娑，院子究竟有幾進，侯門似海有多深，沒有人知道。一般有錢的，在二環附近買一個城市化改造進程中殘留的四合院，可能有點破舊，需要花大筆錢整修整修，重要的是裝上現代化的抽水馬桶，給每一間屋子掛上空調。住在這種房子裡的有錢人，不會被人看成暴發戶。電影《無窮動》裡面的四個中國名女人，她們打麻將、吃雞爪、勾心鬥角，最後發狂。因為發生在四合院裡頭，所以上述行為也略帶了一些文藝情調。

稍微有錢的，就在城外，從地理距離上來說可能從前都不算北京市範圍的地方，買一套別墅，中式的那種。粉牆灰瓦，院裡有幾塊太湖石，三五株不知道能存活多久的杏花梅樹，建案的名字可能叫某某院子或者某某江南，反正不叫某某別墅。至於房子的內部結構，完全拋棄了四合院的形態，和我們平常所見的房子沒有任何區別。不過一般買這種別墅的人，都會特別熱衷於在裝修上體現出中國風味來，少不了的有佛頭、屏風、太師椅這些家園最充足的貨品。

　　再次一點的，不對，再往下說就不應該算有錢人了，而是像我身邊那些算不上有錢，但是對生活有所追求，熱愛中國傳統文化，自豪自己是個中國人的人。在這群人裡，女的最喜歡披一頭到腰間的黑色長髮；男的則一年到頭穿唐裝，偶爾重要場合會以馬褂示人。他們口袋裡的錢，絕對不足以支持他們買四合院，來親身體驗中國式居住的好處，只能退而求其次，要神沒有，要點形總還是可以辦得到的。於是在四環邊上的某個塔樓裡，營造出屬於自己的中式居住環境。洗手間裡擺上紅漆的馬桶，過道的牆上砌上青磚，掛著雕花的窗櫺，頭上是宮燈，桌上是各地旅遊采風帶回來的民族特色紀念品，最後到農村去找農民拆下來的門板，帶回來四扇門一拼，一個帶著田野氣息的自製中式屏風就完成了。

　　我的一個朋友，買房之後為了打造最愜意的家居生活，裝修時間長達一年。歷經春夏秋冬，奔波於北京的各個家居市場和古玩地攤之間。大功告成之日，在家大宴賓客之餘，迫不及待地將照片傳上網與網友分享。他得到的最厚道的評價是：「這是哪個川菜館啊？」而最終讓他怒火中燒，幾乎砸掉電腦的評論是：「樓主，您是在拍鬼片嗎？」

這世界沒這麼忙碌，在碎片如雪花的時間裡尋找樂趣
居住是一種行為藝術

▎瘋狂小區

在很長一段時間裡，我自視為準地產專業人士，喜歡跟著人去看房子，幫人看平面圖，對北京如雨後春筍般冒出地面的小區建案指指點點。總而言之，就是在我眼裡，沒有一個建案是好的。而相信我是專業人士，聽取我的購房意見的人，通常的結果就是啥也買不到手，乾攥著錢看著北京的房價飛漲。當然，我最近是沒什麼行情了，一個比我專業數倍的地產人士放話說：「專業人士買房，少有經典之作。」

他說的話，被我自己千挑萬選的小區給印證了。且不說別的，光是這個冬天，莫名的停水停電就達到了五次之多，最終燒壞了我家脆弱的電冰箱，逼得我大冬天在家吃了一天冰淇淋。這還不算嚴重，我的住在頂樓的複式屋的朋友，從入冬開始，就發現家裡暖氣不暖。打了無數個電話報修，終於來了一個小夥子，左敲右打一番，說是管道有問題，二話不說把家裡地板給撬了。撬開一塊，拿手一摸，呀，這塊是好的，接著撬。直到把所有的地板都撬開了，小夥子得出結論，管道貌似沒有問題。這個時候，小夥子的師傅來了，三兩下把暖氣修好了，然後說安裝地板不歸他們管，繼續找室內裝修想辦法吧。

修好的暖氣很「智慧」，要麼房間暖，要麼浴室暖，二者不能同時滿足。兩口子一合計，認為在房間的時間要遠遠多過在浴室的，於是犧牲了浴室的暖氣。每天洗澡之前，他們要用保鮮膜把浴室的邊邊角角包上，因為地板被撬開了，不知道什麼時候能裝回去，不包上就漏水了。我很崇拜他們的環保意識和與人為善的精神，能夠如此為樓下的住戶考慮。他們說，非也非也，我們是複式，浴室在二樓，漏水也是漏自家啊。如此這般洗了兩天，太太受不了了，這天氣在沒有暖氣的浴室裡洗澡，的確有些不人道。

小夥子心疼老婆，連夜上淘寶上買了一個浴室紅外線光暖機，約好第二天安裝。第二天，賣機器的人穿著西裝、提著公事包，一身專業人士形象出現。掃了一眼穿著保鮮膜的浴室，吐出三個字：「小意思。」半個小時後，停電了。雖然，我們小區的頻繁停電曾經上過本地最熱門的都市報的頭版，

但是這一次跟小區無關，是那位專業人士，戴著頭燈穿著白襯衫，氣定神閒地一出手，把地線給剪了。

於是我們嚴肅地批評了小夥子上淘寶買浴室紅外線光暖機這種不可思議的行為，並將他徹底定性為淘寶粉絲；同時他們對於我那暖氣充足的房子，表示了極度的嫉妒之情。

於是輪到我開始訴苦。我們家最近來了一隻老鼠，我和牠鬥智鬥勇了幾個月，也沒有能夠將牠驅逐出去，而牠在我的眼皮底下，日漸壯碩。我家樓上的那一家，每天早上8點鐘開始準時敲敲打打，每一擊都能直接落在地板上。一開始我決定忍了，因為他們貌似很守規矩，只在白天工作時間敲，天一黑就收工。白天睡覺是我異於常人的生活方式，他們沒有什麼錯。可是，一年時間過去了，他們依然風雨無阻，沒完沒了。我終於忍不住，決定上樓看看他們是不是在家開了一個木工工廠。這時候，最靈異的事情發生了，無論我怎麼敲門，都沒有人開門，只聽得屋裡陣陣狗吠和一下一下有節奏的敲打聲。

於是，我也考慮，是不是該搬家了。而這一次，我打算找一個完全業餘的人士一起去看房子，他說哪兒好就買哪兒。

▍越古董越時尚

　　以前有句話說：「我們鄉下人才吃上肉，你們城裡人又改吃野菜了。」這句話我沒有切身感受，但是可以改成這樣：「我們鄉下人才住上洋房，你們又講究住平房了；我們鄉下人才剛把小鎮改造了，你們又一群一群地往烏鎮去了。」

　　是的，對於江浙一帶的小鎮，我是有發言權的，因為我奶奶至今住在浙江的一個小鎮上。小時候我也住在那裡，典型的江南小鎮的樣子：兩三條街道，青石板鋪成的路面，兩邊都是兩層高的木質小樓，門楣上掛一塊明顯很有年頭的烏黑油亮的招牌。丁字路口是最熱鬧的地方，開著一間叫保和堂的藥店。藥店不遠處，有一株歪脖子的樟樹和一口很深的井，毫無意外會有一些關於跳井的真假難辨卻有些淒美的故事。這些記憶，存在於我十歲以前，已經模糊得不成樣子了。

　　現在，這個小鎮已經毫不意外地經過了經濟騰飛所帶來的改造，青石板路、木質小樓，全部拆掉重建；井還在，不過已經封掉，想必已經沒有水了；丁字路口一樣熱鬧，只不過藥店變成了中國銀行，對面是中國移動營業廳。在這場突如其來的小鎮改造工程之後，我奶奶成了我認識的住得最好的人，她住的那個四合院，隱藏在小巷深處，完全沒有受到影響。

　　其實，我奶奶也不覺得住四合院有多好，她住了一輩子的四合院，就覺得不如樓房乾爽清淨。就好像我看到她廳裡擺的八仙桌和團椅，那樣式、做工和花紋，看得我直流口水。而我奶奶就笑瞇瞇地揮手說：「喜歡就拿去。」因為這些玩意，在她看來，遠不如新潮的沙發來得舒服。

　　我摸著八仙桌問她：「這應該是老古董了吧？」奶奶說：「那當然，是你爺爺的奶奶的嫁妝啊。」我歷史比較差，算不出是相當於什麼年代的產品，但是那做工，是現在家具市場那些動輒以中國風味作為噱頭、價格成千上萬的玩意完全不可比擬的。

　　我被《鑑寶》《藝術品投資》這些節目專欄洗腦洗得有些厲害，明知道我們家祖上也就是個江南小鎮的富戶，溫飽有餘，奢侈是遠遠談不上的。這

些桌椅聽起來年代久遠，可是究竟是不是真的值點錢，絕對有待考證。但我還是忍不住地賣弄說：「這些東西，現在可沒這手藝啦，在這個小鎮，這還叫床，往北京一搬，那就叫古董！瞧瞧這一床的雕花，那可是相當的值錢啊。」

奶奶說：「是啊，是比以前值錢了。當年我們對面大宅子裡的王家，多少酸枝木的家具，硬生生地劈了燒火呢。前幾天有人來收東西，看了我這幾樣桌子椅子，出價100，我沒給他。你說王家那些酸枝木要是還在，是不是得1000塊錢了呢？」

這世界沒這麼忙碌，在碎片如雪花的時間裡尋找樂趣
居住是一種行為藝術

▌和長輩住一起有多難？

中國人一向認為，結婚首要因素就是要有新房；而中國人一向又認為，孩子永遠都是孩子，從出生到唸書、工作，再到結婚生子，做父母的沒有一件事是可以袖手旁觀的。於是，年輕人買房的壓力，就被父母主動自覺地扛到自己肩上了。我周圍的朋友們，許多都是由父母或者兄姐湊錢付頭期款，而作為戶主的他們，只需要每個月付貸款就好了。

這件事情本來在現在的中國就是司空見慣的，但是當新房到手，裝修完畢，矛盾卻往往立刻浮現——這個簇新的洋溢著親情的新房，出了大筆錢甚至可能是交出了畢生積蓄和養老金的父母，有沒有資格和權利居住？出錢買房的那一方的孩子——通常是男性，他的回答很乾脆，當然應該住一起，如果還讓父母住在破舊的老房子裡，自己還是人嗎？沒出錢的那家人的孩子——通常是女方，回答也很乾脆，結婚可以，和公公婆婆住在一起，免談。她的理由也很充分，看過那齣著名的《大家都愛雷蒙》嗎？隔街而住的公公婆婆就已經搞得全家雞犬不寧，殺傷力那樣巨大，這還是發生在以家庭關係獨立自由著稱的美國呢。換成中國，與公公婆婆住同一個屋簷下，到時候婆婆挾房產證以令天下，那這日子基本上就沒法過了。新媳婦覺得自己的想法也挺理直氣壯的：「兩代人必然會有代溝，為了生活甜美，不給對方找麻煩，為了社會的和諧，大家還是保持距離的好。當然，他們出了錢，讓我和他們的兒子有一個自己幸福的小家，我心裡會很感激的。」

瞧，誰也說服不了誰。不是危言聳聽，在我朋友的故事中，有為這個問題分道揚鑣的。更令人驚懼的是，還發生過同一屋簷下婆婆和媳婦拌嘴導致媳婦流產的悲劇。

我身邊的1970年代出生的朋友，已經過了為這個問題憂心的年紀了。是的，年歲漸長，不立也得立了。房子，是早已經買了，自己已經為人父母，漸漸也能明白自己父母的一片苦心，個個都覺得，是時候做個孝順孩子，盡自己的能力讓老人家頤養天年才是。很奇怪的是，他們最直接的想法，竟然又是買一間大房子。說到這裡，不能不讓人感嘆，中國的房價，能不繼續接著放衛星嗎？我的朋友老D，38歲，一個外地在京的廣告公司老闆。就是一

個這樣的男人，驀然回歸並且突然轉變成為一個狂熱的家庭生活愛好分子。他剛剛榮升父親，他最近的夢想就是有一間房子，能夠裝下他、他太太、他不到1歲的孩子、他的岳父岳母、他的父親母親，還有他們家的保姆。曾經他有一間120平方公尺的複合式，住不下，於是他在隔壁又租了一間一模一樣的。但是，這離他的夢想還有一步之遙。他認為一家人就應該住在一個屋簷下，隔一道牆壁，都不能算。最近，他租了一個聯排別墅，住得很高興，天天求著屋主賣給他。另一個朋友小J，他很幸運地找到了一個願意和他的家人住在一起的女朋友。2007年整整一年，我看著小倆口滿北京城地看房子。他必須要買一間120坪以上的房子，因為他未來的幸福生活藍圖裡，他們夫婦、他的父母和他年邁的爺爺住在一起。他曾經離一間158平方公尺的房子一步之遙，可是他土生土長在皇城根下的爺爺大怒，說從來沒聽說過亦莊那個地方，於是孝順的他拿回了訂金，憂傷地看著那個建案在半年之後價格翻了一番。到了2007年歲末，他正式宣布，他的幸福生活夢想破碎了，原來四世同堂在這個年代已經變成了有錢人的權利。可惜，他醒悟得太晚了，因為那個善解人意的女孩，已經離他而去。

這世界沒這麼忙碌，在碎片如雪花的時間裡尋找樂趣
居住是一種行為藝術

▌獨立買房的城市新女性

養貓的朋友小殼最近在考慮一個新問題，遇到了一個好的結婚對象（注意，僅僅是結婚對象而已），要不要結婚呢？她認為應該結婚的理由有三：第一，她已經到了適婚年齡了。第二，父母也認為她應該結婚了。第三，那個男人條件還不錯，怎麼看都是一個值得嫁的人。而她認為不應該結婚的理由也有三：第一，值得嫁和真的嫁是兩回事，條件不錯和合法地睡在一張床上也是兩回事。第二，這個理由很老土，沒有愛情的婚姻能帶來幸福嗎？小殼雖然是80後，但是她思想還算傳統，她不能接受婚後出軌，也不想結婚後再離婚。第三，結婚到底是為了什麼？

結婚到底是為了什麼？對於有愛情的人來說，是給愛情一個圓滿的結局。事實上對於很大一部分人來說，結婚是為了給自己一份安全感、一個家、一種有歸宿的感覺。但是，小殼透過思考得出的結論是，在這個年代，女人的安全感不需要婚姻就能得到，我們自己可以給自己安全感，而不需要那個來自遙遠火星的男人。小殼認真地審視了自己的生活和心態，認為自己還是很有安全感的：首先，她有一份安定體面並且自己真正喜歡的工作；其次，她有精神寄託，那是一群陪她走過漫漫痛苦失戀歲月的貓，男人傷了她的心，而貓咪們靜靜地舔合了她的傷口；最後，她有自己的房子——儘管這間公寓有她父母不小的貢獻。

這個時代，這個城市裡越來越多的女人和小殼一樣，經濟獨立、精神獨立，在沒有男朋友或者結婚對象的前提下，在房價問題越來越引人注目的大環境中，走上了獨立買房的道路。她們認為，一處房產證上寫著自己名字的房產，的確比男人更能帶來安全感，雖然只有70年的所有權，但是哪個女人敢拍著胸脯說自己對男人的所有權能長達70年呢？

這就是為什麼我那個秉著屢戰屢敗、屢敗屢戰的大無畏精神。有著長達8年相親史的朋友小S，從去年夏天開始，會在每週相親的間隙抽出一天時間去各大建案看房。她的買房計劃很清晰，不能離市區太遠，五環外堅決不考慮，因為單身女性晚上回家會很不安全；不需要很大，20坪以上都可以考慮。她打算就買一張沙發床，白天收起來晚上打開，坐臥兩便。在奔波看房

的過程中,她有時候會感嘆,如果真的只有一張沙發床大小的房間,怎麼才能把父母接到北京來住呢?畢竟頭期款中有她的一半也有父母的一半。問她在買房夢想中,為何沒有男性形象出現?她橫了我一眼說:「男人是除了房屋仲介之外,這個世界上傷害我最深的物種。這是我的房子,只是我的房子,更有可能是真正與我相依為命走過人生長路的東西。」

她一面大幅提升每週看房的時間,一面減少相親的時間,儘管到目前為止,她的行動還沒有收到任何成效。

不要以為只有中國的女孩們在買房還是結婚的問題上毫不猶豫地選擇前者。加拿大一個調查公司的調查結果顯示,37%從未結婚的單身女性擁有自己的住宅。「單身女性對買自己的第一套住房比找第一任丈夫更加熱衷」,該公司這樣說,「單身女性在社會經濟生活中扮演著越來越活躍的角色。」根據他們的調查,這些獨立買房的女性的平均年齡為29歲、80%沒有小孩、49%擁有大學以上學歷,只有29%的人表示將來可能因為結婚而賣掉房子,而50%的人表示如果賣掉房子,原因只能是為了買更好更大的房子。

該公司進行此項調查的目的是為了提醒房地產開發商,要注意單身女性買房的舉動越來越頻繁,年齡越來越年輕,已經日漸成為市場的一股新興力量,房地產開發商以及房地產相關行業應該注意並主動迎合她們的需求。至於與她們相對的年輕男人,該公司在報告中提了一句:「相較於女性,他們離開父母羽翼的慾望似乎沒有那麼強烈。」

這世界沒這麼忙碌，在碎片如雪花的時間裡尋找樂趣
居住是一種行為藝術

▍車位爭奪戰

我住在多倫多的時候，一度為了體驗生活，租了一層樓住，有一房一廳、獨立的廚房和浴室，和房東分門出入，每個月交了租金之後，所有的水電、暖氣、有線電視和網路費的費用，都由房東交付，算起來比自己住公寓節省很多。唯一存在的一個問題是，房東家的車庫是單車庫，只能停一輛車，而我的車，就只能停在路邊了。對於我來說，這也不是什麼大問題，本來住公寓的時候，附送一年的免費車位，也是地上的。

在那裡住了一年，期間只因為停車發生過兩次不愉快事件，一次是因為我馬虎，把車往前開了一點，停在了鄰居家的馬路邊了。第二天早上就發現鄰居在我的雨刷上夾了張紙，提醒我說我的車擋住了他的視線。我心裡是有點不滿的，不相信我那輛金龜車能擋住他多少視線，不過這也是小事，後來每天停車注意不要停過界，也就相安無事了。另一次是我貪方便，從反方向回來，順手就向左把車停在了自己的房門前，第二天吃了張 15 加幣的罰單，理由是我沒有按規矩靠右停車。我自認交通規則學得不錯，卻不記得有這條，不過思來想去不至於為了 15 塊錢去上庭，浪費納稅人的錢，於是上網用信用卡付錢了事。

周圍買房的朋友，買獨立住宅的多，自然不會有停車的問題，只有一個買了聯排房屋的朋友，我問過他停車費如何，他說買房的時候送的車位，費用是算在物業管理費裡的，具體算了多少錢，他也不清楚。

所以，曾經，我完全沒有意識到，車位的問題是維權事件的一個引爆點，而且幾乎是一點必著的。我的一位居住在疑似 CBD 地區的某個以水果名字命名的、以物業管理水準低下著稱的偽高級建案的女性朋友，對她住的小區意見最大的就是每個月 600 塊的停車費。據說，該建案從建成、屋主驗收開始，為了車位的問題維權已經大小數十戰了。一開始把車停在小區路面上，建商把所有路口都封上只留下人能進出的口和地下停車場通道；把車停在小區和市政路之間的道路上，建商把這條路兩邊都設上了隔離帶和護欄。後來有人想了一個辦法，把車停在離小區 200 公尺遠的超市的停車場內。這事情建商是不管了，可是大冬天的晚上下班回家還得頂著寒風走 200 公尺，大部

分人都受不了這個罪。有人索性把車停在市政路的兩邊，據觀察說路上沒有禁停標誌，計程車中午常停在這裡休息。可是三天兩頭的，就有交警過來開罰單。屋主們憤怒地發現，是建商給交警打的電話……最後的結果，顯然是道高一尺魔高一丈，屋主們抵抗不過，只有從了。最令人意想不到的是，還有人想從也從不了的。因為該建案的停車場，不知道找的是哪位山寨設計師設計的，非常不合理，時常有些車身高的車開到一半被卡住，前進後退皆無門。

這個建案在北京城是極其著名的，因為建商水準之低劣和屋主維權之無濟於事，在我們朋友圈內傳誦一時。《中華人民共和國物權法》第七十四條告訴我們：「建築區劃內，規劃用於停放汽車的車位、車庫應當首先滿足業主（屋主）的需要。建築區劃內，規劃用於停放汽車的車位、車庫的歸屬，由當事人透過出售、附贈或者出租等方式約定。占用業主共有的道路或者其他場地用於停放汽車的車位，屬於業主共有。」

白紙黑字說得很清楚，可是頂多也就是讓屋主們有了坐下來和建商談判的權利和底氣。問題是，利益明顯衝突的雙方坐下來商量，能商量出什麼結果呢？我見過的幾個建案，有一個雙方一拍兩散，建商把地下停車場給關了，屋主們從此也不交停車費了，在小區裡四處橫七豎八地停車。建商人員說：「只要你們自己受得了，我沒意見。」有一個建案的地下停車場一直在使用，建商幾度想收費就遭遇幾度維權。屋主們說：「我們不是不交錢，可是交多少錢得我們自己說了算。」於是雙方糾纏至今。

問題的根源在哪？還是因為利益，不管是建設公司還是開發商，都不願意放棄停車位所能帶來的豐厚而穩定的收入。看到每一個小區幾乎都必然上演的車位維權事件，只能令人感嘆，只有利益是永恆的。

▌「第一夫人」的一畝三分地

朋友們傳授在多倫多買房技巧的時候，提到某某小區非常值得投資，通常會加上一個注腳：這是一個西方人小區，也就是說，這個小區的住戶以白人為主，少黑人，少印巴人，也少華人。這樣的小區有什麼好呢？首先是治安比較好，打劫搶的情況比較少發生的；其次就是鄰居的素質高，周邊的環境比較好。

北美的小區和我們的不一樣，我曾經疑惑過，不知道他們有沒有市政園林部門，也沒有見過滿街拿著畚箕掃垃圾的工人，那麼公共社區的花花草草都是誰來負責的呢？尤其是買了獨立住宅的人，沒有物業管理公司來照料花草樹木，家家戶戶房前屋後的環境，就全看這位住戶的表現。這樣一來，周圍家家戶戶繁花似錦還是雜草叢生，自然會影響房屋的升值。所以，有人專門撰文介紹經驗說，買西方人小區的房子，可以把鄰居的花園當作自家的景觀，省時省力省錢，多好啊。類似的話，我在中國國內看房的時候，也曾經聽房仲業務說過，不過她說的是「我們小區沒有公共設施，不過對面小區有，咱們一樣能用，還省了好多公共設施的錢呢」。

別看現在報紙上吹噓得厲害，說什麼華人社區的房產跌幅小，買華人社區的房子保值──其實，這個原因很簡單，那是因為華人好不容易買套房子，不願意輕易脫手，所以寧可自己扛著負資產，也不願意掛牌出來賣，當然跌幅小啦。其實，相對而言，西方人社區還是比華人社區更加值錢。當然了，想去西方人社區免費看鄰居花花草草的人多了，據說會造成一種情況就是這個小區漸漸被華人占領，而西方人慢慢撤出這個小區。有一個很極端的原因竟然是：「華人喜歡在院子裡種菜！他們不種草種花！」

華人不太擅長裝飾自己的房子和院子，這的確是無可隱瞞的事實，當然華人們也有一肚子的苦衷，中國人這些年來在中國，從平房搬進樓房，就算是混得不錯了，誰曾經受過種花種草的訓練？再說了，照顧花花草草，那可是慢工才能出的細活，大戶人家專門有花匠伺候，中產階級有全職主婦在家幹這個，新移民有什麼？能有父母漂洋過海，在後院種上白菜、茄子、黃瓜，就已經是一種幸福了。

不過，三十年河東，三十年河西，現在後院種著蔬菜水果的，可能是中國人的房子，還有可能是美國的政治中心——白宮；而在地裡忙碌的，不是年過半百漂洋過海的移民的父母，而是一身名牌的美國「第一夫人」，在勤奮地種著被美國媒體稱為「能把歐巴馬吃成大力水手」、明顯超出一般家庭食用數量的菠菜。第一夫人的這番行為，很容易讓人聯想起當年中國的皇帝在先農壇弄的那一畝三分地。皇帝的耕種和皇后的養蠶，是在農業社會裡表現以耕織為本的經濟理念。而美國「第一夫人」親事耕作，大概是為了提醒美國人民，現在美國經濟不容樂觀，有空閒時間不要再開著油老虎SUV到處瞎逛兜風，不如勒緊褲腰帶，在後院種點蔬菜水果，又健身又環保還能有不小的經濟收益。

美國人也愛跟風，「第一夫人」一帶頭，美國菜種和菜苗的銷售逆市上漲。《華爾街日報》報導說，提倡種菜的組織辛勤得出的研究結果顯示，投資自家菜園能有豐厚的回報。非營利機構美國園藝協會（National Gardening Association）新鮮出爐的一份研究報告表明，擁有菜園的普通家庭每年在上面的花費只有70美元，而出產的蔬菜估計值600美元。

這筆帳算得十分有趣。種子公司的老闆說，1美元青豆種子就能收穫價值75美元的青豆。即便是不起眼的馬鈴薯，1美元的馬鈴薯塊莖也可以收穫5美元的馬鈴薯。投入產出比十分的高。可是，他忘了計算，把一美元的青豆種到地裡去，首先需要工具把地整理得適合耕種；之後還需要在後院裡建造灌溉系統、購買肥料、土壤改良劑，冬天還要有植物生長燈……這一切加起來，費用不菲。

而他最大的疏忽是，用於種這些種子的土地，雖然在金融風暴裡跌去了至少30%的價值，可是它的價格仍然不是75美元的青豆可以比擬的。

這世界沒這麼忙碌，在碎片如雪花的時間裡尋找樂趣
居住是一種行為藝術

▋環遊皆地產

　　迪士尼和皮克斯推出的 3D 動畫大片《天外奇蹟》叫好又叫座，甚至有人評論說，本以為《瓦力》已經是登峰造極的作品，沒想到僅僅一年之後，皮克斯就用作品告訴世人，想像力是可以無窮的。當然，好萊塢出品的動畫片和所有的商業大片一樣，都具備以下元素：愛情、冒險、搞笑、煽情、賺人熱淚之餘，必定要有勵志的效果⋯⋯看過這部電影的朋友回來基本都說，在四分半到五分鐘的時候，一定會熱淚盈眶。有人看到艾莉撒手西歸，卡爾一人寂寞地坐在教堂前時，忍不住潸然淚下；還有人的眼淚流在半分鐘之後。卡爾繼續一個人孤獨地生活在世上，守著他和她的家園。大門打開，四周是機器轟鳴、塵土飛揚、人聲嘈雜的工地，卡爾閉著眼睛坐在門廊的搖椅上，對天上的艾莉說：「看看他們把這裡搞成什麼樣了。」

　　不過，看到這裡的時候，我稍微走了一下神，出戲了。因為當時一個很不合時宜的念頭突然闖進了我的腦海。我想：呀，原來美國也有最厲害的釘子戶啊。當然，美國的國情不一樣，他們擁有的不是地面上的那些建築，而是建築下面的土地。為此他們每年要向政府繳納地稅，可是隨之而來的，是他們更加理直氣壯地當釘子戶的底氣。更何況，就算是遠隔重洋的中國人，也都知道美國憲法中的「私人財產神聖不可侵犯」。

　　所以，在這部電影裡，那個戴著墨鏡、面色陰沉，雖然一句話也沒有說但是明顯一肚子壞水的開發商的代表，想要拆遷卡爾的家，唯一的辦法的確就如卡爾所說，等他死了吧。之後卡爾因為失手傷人，被地方法院判為不適宜一個人居住而被迫要搬進養老院，只不過是開發商用來威脅他的一個手段。即使卡爾住進了養老院，那所房子荒廢了沒人管了，卡爾不鬆口說賣，開發商依然沒有辦法得到它。

　　那等卡爾死了呢？他還可以在遺囑上繼續釘子下去。曾經有一個最極端的故事是這樣的，在美國一座規模不算小的城市的市中心邊緣，有一條叫做 Flynt Street 的街道。這條街是來回雙車道，經過一座小山丘的頂部與另一條路相匯。來往的車輛開到山丘的頂部不得不停下來觀察確認對面沒有車子

通過方能匯入另一車道，原因是在下坡的位置兩道相匯處生長著一棵參天大樹，圍著樹幹還有一圈欄杆，占據了這條街的整整一個車道。

這種設置當然會給開車的人帶來很大的麻煩，把路修成這個樣子，顯然也不會是道路建設者的初衷——唯一的解釋是，這棵樹砍不得。砍不得的樹有很多種，比如極其珍貴的樹。當然，現在科技發達，把參天大樹連根拔起挪個地方，不是難事。又比如，這棵樹極其具備歷史價值，就好比當年崇禎上吊的那棵歪脖子柳樹，挪個地方就不是那麼回事了。可是這個例子也不適用於文中提到的這棵樹，這個不大不小的美國城市，據說也沒發生過太有歷史意義的事件。這棵樹之所以砍不得，是因為它自己擁有自己。

故事發生在 200 年前，某人在後院種了棵老橡樹，這棵樹給了他很大樂趣，而他也對樹產生了很深的感情。等到這個人老了，想到自己死後這棵愛樹的命運堪憂，索性就在遺囑裡把這棵樹的所有權，連同樹周圍兩公尺多半徑及樹下的土地，贈給了這棵樹。此遺囑在政府登記有效，這棵樹從此可以掌握自己的命運和自己腳下的土地——這也造就了歷史上真正的最強釘子戶，不到這棵樹的生命自然終結，沒有人敢動它分毫。

所以當卡爾用數以萬計的絢爛氣球帶著自己的房子騰空升起，以這種姿態向「都市化」宣戰（這是筆者的總結，是否為出品方的初衷不得而知）的時候，我在電影院裡長吁一口氣，是的，即便地面上的房子已經被氣球帶走了，開發商仍然得不到卡爾的家。

我的眼淚最後終於流下來，是在卡爾經歷了人生最精彩的一次冒險之後。看著房子慢慢從雲端落下去，消失在眼前，卡爾的眼神充滿不捨，可是他說，這只是一棟房子。是的，即便這樣，也沒有人能奪走卡爾的家，房子不是他的家，家在他的心裡，永遠。

這世界沒這麼忙碌，在碎片如雪花的時間裡尋找樂趣

居住是一種行為藝術

■個性別墅怎麼蓋？

這幾天以來，做金融的老友羅先生無論上班下班還是應酬閒逛，都捧著一批談建築的書，大家好奇地看看標題，竟然都是非常有格調的名作，如中村好文的《住宅巡禮》《住宅讀本》《意中的建築》，甚至還有限研吾的《負建築》和《十宅論》！

原來，並非羅先生突然潛心向學，而是羅太太的親戚在郊區留了一塊宅基地，導致羅先生心猿意馬。原來當地夯土牆的房子，勾起了他童年的回憶，他曾在那樣的房子裡住了十多年，十分懷念。不過他也知道，夯土牆、草屋頂的房子住起來非常舒適，室內氣溫很理想，冬暖夏涼。按照現在的流行概念，夯土牆的房子能夠算作節能房，也許是因為土牆、草屋面和泥土地面全都具備一定調節溫度、濕度功能的原因吧。

話雖如此，但是得到這個幾百平方公尺的宅基地之後，羅先生也覺得現在不太可能建那樣的房子了。簡單來說，夯土牆有它的缺點：一是厚度太大，太占空間。因為如果不夠厚，夯築的時候泥土濕軟容易倒塌，建好之後難抗南方的風雨侵襲。二是建築過程中人力消耗大、安全措施複雜。三是內外牆面都不太好處理，不防潮，容易剝落。而草屋頂雖然浪漫，但是缺點更加突出：一是不耐久，常需翻新。二是易燃，哪天一個火苗落上去就麻煩了。

所以羅先生現在建房，想來想去只能做個假樣子——假土牆、假草屋頂，僅僅滿足一下心理需求。假土牆就是外牆粉刷成土牆的樣子，粗想白水泥加上色粉再與色石子弄成水洗石牆面也許能行。假草屋頂表層為草，裡層為混凝土，有一點功能性，能保溫隔熱。

既然是要自己蓋別墅，少不了要找建築師。羅先生專門去城裡請的老牌設計師，年齡50上下。設計師到現場一看，就沉吟：「這個項目的優勢，首先就是條件好。總用地上千平方公尺，建設淨用地看比例也大概有五六百平方公尺。」在這塊地上現實只想蓋兩百多平方公尺的房子。可以說得上「條件優厚」。所以，老牌設計師正色曰：「要把建築儘量展開在環境中。這是你的根本優勢。」羅先生聽了連連點頭，如沐春風。

老牌設計師簡單說了他對這套別墅的設計理念，比如一個功能完善的主臥，包括非常好的浴室、一個明亮的或者通風的衣帽間、一個工作上網的空間、一組休閒的座位、躺椅、跟自然最短距離接觸的陽台、獨立的小花園；一個好的公共空間，把餐廳、客廳、起居室做成一體，20坪；非常好的景觀，很方便地到達花園；公共空間要有景觀，能跟花園結合，所以要有一個像樣的門廳。

儘管只是寥寥數語，已經俘獲了羅先生的心。可惜，後來的結果和所有愛情肥皂劇一樣，羅先生芳心已動而設計師「始亂終棄」——這位老牌設計師來了一次之後，就去如黃鶴。每次都是打發兩個學生接待羅先生，前後四五次修改圖紙，擾攘三個多月，最後拿出的設計圖紙，就是鬧市之中兩間高層公寓疊加在一起的效果。

此時他終於明白，設計師做別墅設計，有設計師的苦衷。因為這樣的設計，無法收得很貴，做不出產值，所以老牌設計師也只好派些新手去幹。這就是為何中國有相當數量的一批商品別墅，都是剛畢業未久的學生在練功夫。他們不要說對別墅，就是對好的公寓都沒有生活體驗。同樣，各個商業別墅所具備的地理條件，往往都不怎麼樣，以羅先生這塊宅基地而言，就是雖然面積大，但是地塊不方正，又有高低起落。

最後羅先生抗議說，在郊區不想住在火柴盒裡。又是兩個月後，他拿到了一個「饅頭」形狀的設計圖。羅先生很憤怒，而我們安慰他說，不如把兩個設計都蓋了，一左一右，天圓地方，打造郊區版的「鳥巢」和「水立方」。

這世界沒這麼忙碌，在碎片如雪花的時間裡尋找樂趣
居住是一種行為藝術

▎悲悲喜喜大城市

前幾日遇到一個朋友，已經從廣州移居到北京，順便問起他在廣州待了多長時間，他回答說，整整十年。這是一個非常令人驚訝的數字，驚訝的不是他作為一個外地人，能夠在廣州待那麼長的時間，而是一個人在廣州待了這麼長時間之後，還能下定決心離開。

我發現，人們對廣州的印象非常兩極化，要麼非常厭惡，認為這是一個骯髒的、擁擠的、小市民的、沒有發展前景的城市，只要待上一天，就會被那潮濕悶熱的空氣弄得渾身都黏糊糊、濕答答的；要不就愛死了這個城市，覺得它自由、方便、平等而且親切，任何人都能夠在這裡找到自己的位置和樂趣，並且樂不思蜀。所以，在周圍的朋友裡流行一句話，只要你能忍受廣州三年，那你就會愛它一輩子。

事實上，廣州只是一個特別的例子。任何一個大城市，有多少人愛它，就有多少人恨它。甚至可以說，每一個人在內心深處對於大城市，都有著愛恨交加的複雜心態。他們一邊咒罵著大城市糟糕的交通、混濁的空氣和龐大到足以將自己淹沒一萬次的人群；一邊奮不顧身地在大城市裡掙扎和生存，因為這裡的機會和夢想，似乎比小城市要大得多。

不管我們是愛也好，恨也好，中國的大城市是越來越多了。據統計，中國城市化比率已經從 1997 年的 30% 上升至 2008 年的 45.7%。目前中國人口數量在 100 萬以上的城市已達到 102 個，人口數量在 20 萬以上的城市已達到 274 個。

大城市的崛起，不僅給每個人的生活方式帶來很大的改變，更重要的是，根據城市經濟學家李津逵的研究發現，中國經濟的成長是由一些大都市帶動的，而不是全國各地都均勻發展。他認同日本管理學家大前研一的判斷：「中國正在利用城市郊區和農村人口推動城市的發展，使得城市成為世界資本、技術和金融中心。中國的繁榮是建立在大城市區的基礎上的。這些大城市擁有 300 萬～500 萬的人口，在國際上也有知名度，資本、技術、公司都樂意

進入這些地區。因此，中國政府給予這些地方一定的經濟自主權，是中國經濟成功發展最重要的原因。」

然而現在的問題是，中國城市化的腳步邁得似乎大了一些。有媒體報導說，美國的城市化率在1860年是19.8%（略高於1978年中國的17.92%），50年後的1910年為45.74%（略高於2008年中國的45.70%），平均每年只提高了0.5188個百分點，速度幾乎只有中國的一半。

也就是說，現在中國城市化在走向一個怪圈：越來越多的資源和人才，在向大城市傾斜，使得大城市的發展明顯快於中小城市。所以中國的城市化進程，在某種程度上可以說是大城市化，而不是真正的城市化。

深圳就是典型的例子，1200萬人口當中只有200萬左右有完整的居民權利，上海、北京甚至包括天津也一樣，1000萬左右的常住人口大概有30%～50%的人是不享有完整的居民權的，也就是典型的二元城市結構。那麼城市規劃當中的幼兒園、小學、菜市場、居委會、郵局、老人活動站又該怎麼面對二元城市的結構問題呢？

所以，現在有網友在網路上總結出居住在大城市和小城市的區別，小城市的人在餐廳裡點好菜後忽然想起某個人，可以馬上打電話把他招呼過來；而在北京這樣的地方，三天前約別人吃飯勉強叫做「約」；一天前告訴別人有飯局則屬於「撈」，那也得關係不錯才行；而當天邀請別人說不定會讓別人不高興，除非關係極好的才行，但別人來不了的可能性卻很大。小城市的人靠親情維繫，大城市的人則物以類聚；小城市的人更喜歡關心別人的事，大城市的人不喜歡別人關注自己的事；小城市的人多住大房子，大城市的人無奈只能住小房子；小城市的人都說大城市太擁擠，大城市的人都說小城市不方便……

根據調查，居住在小城市裡的人們，他們的幸福指數相對比較高。是的，在大都市裡，我們焦慮、緊張，可是我們願意搬去小城市嗎？不，我們都越來越絕望地預感到，或許我們在小城市裡已經根本無法生存。

這世界沒這麼忙碌，在碎片如雪花的時間裡尋找樂趣
飲食之道，由內而外

飲食之道，由內而外

這世界沒這麼忙碌，在碎片如雪花的時間裡尋找樂趣

飲食之道，由內而外

▍如人飲水

　　煙花三月的時候騎鶴下揚州，雖然腰間沒有纏著十萬貫，但是白天看瘦西湖邊的瓊花似錦，晚上去城裡吃道地的淮揚菜，一籠富春包子加上富春茶社獨家出產的極品魁龍珠，滿口餘香。這種茶據說是茶社老闆的獨創，所謂的一水煮三省茶，是用了安徽的魁針、浙江的龍井和揚州當地特產的珠蘭配置而成，結合了三者的特點，又濃香又清冽，而且耐泡。沖來一喝，果然好，於是立即買了兩盒。

　　茶葉帶回了北京，開始是用自來水燒開了沖，完全不是那個味道，簡直就不像是同一種茶。後來懷疑是自來水的水質有問題，於是換了純淨水，雖略有提高，卻仍與在揚州時嘗到的味道有天壤之別。多試幾次之後，終於死心。經此一役，對北京的水是徹底失去了信心。

　　以前看舊小說，有浪漫情懷的人，會接舊年的雨水來沖茶。更浪漫一些的，便大冬天的採梅花上落的雪，放在罐子裡埋在土中，第二年夏天再挖出來泡茶；或者大夏天的一大早坐條小船到湖上，專找那些荷葉上滾來滾去的露珠，據說沖出來的茶之美味，天下無雙。這些方法，都是在水上下功夫，帶出茶葉更香濃的味道來。不過，聽聽也就算了，現在的人即便有錢、有閒、有品味，也不能大膽到去喝北京舊年的雨水了，除非那水是在 20 世紀之前下的。所以我們現在所追求的，無非是一道能儘量不損害好茶的普通水；又或者，對於不喝茶的人來說，無非是一口健康安全又放心的水。

　　可是，很難了。

　　關於自來水含氯，而且在管道中長期二次汙染的說法已經婦孺皆知。於是超市裡擺滿了一排一排的純淨水，每一個小區門口和便利店一樣必備一個水站，一車一車地往人家裡抬純淨水。更有電視廣告天天轟炸，說某某牌子的純淨水，經過了幾十層的淨化，云云。但是，最近又開始流行「拋棄飲水機」運動了，因為大家突然發現，飲水機本身也是個藏汙納垢的好場所，肉眼看不見的細菌只怕不比自來水管道少。盡力地一番想像之後，大家起了一身雞

皮疙瘩，然後把飲水機扔到垃圾桶，開始不辭辛苦地去超市買大桶的純淨水，拿回家翻出塵封已久的水壺，開始煮水。

這樣就安全了嗎？專家們還有話說：純淨水只是把水中的重金屬、三鹵甲烷、有機物、放射性物質、微生物等大部分有毒物質去掉，而製成可以直接飲用的水。它的優點在於沒有細菌、沒有病毒、乾淨衛生，但大量飲用會帶走人體內有用的微量元素，從而降低人體的免疫力，容易引起疾病。這都是由於純淨水的水分子結構造成的。由於人體的體液呈微鹼性，而純淨水呈弱酸性，如果長期飲用微酸性的水，體內環境將受到破壞。長期飲用純淨水還會增加鈣的流失。小瓶裝（600ml左右）純淨水偶爾喝喝可以，但不宜作為家庭桶裝水長期飲用。老年人、兒童、孕婦更不宜長期飲用。

臺灣養生學專家林光常對於水的說法更加駭人聽聞。他說我們誤認為煮熟的水才好喝、才健康衛生，因為想藉由煮沸的過程，將水中的氯除掉。但不幸的是，水在除氯的過程，經過高溫燒煮之後，會產生氯仿。經過煮沸的水，純粹只是水了，而且還可稱之為「死水」。不只是因為它含致癌物質，而且根本沒有氧了。

不喝沸水、不喝死水，要喝好水，在日益重視身體健康的今天，是每個人都能輕易接受的理論。問題在於，上哪兒去找合乎標準的好水呢？在超市裡的純淨水和礦泉水也被專家們廢掉的情況下，林光常博士說，要不就去找原生態的礦泉水，絕對無汙染的那種才行；要不就花筆錢，去買某某濾水機，經過它過濾的水，含有……

林博士的大作《無毒一身輕》我很早就看過，事實上在他沒有頻繁上電視號召大家不刷牙就喝水、每天要瘋狂吃地瓜之前，我一直以為他的這本書是某濾水機公司的宣傳手冊。

這世界沒這麼忙碌，在碎片如雪花的時間裡尋找樂趣

飲食之道，由內而外

▌北京，茶與啤酒

　　我已經有很長一段時間沒有回北京了，就像有人說的，跟一個人談 20 分鐘，就知道他出國多久了，因為他和祖國母親的文化臍帶就在他出國的那年脫落了。套用這個理論，我和首都母親的臍帶，在 21 世紀的第一年脫落了，所以我對北京的理解和記憶，都留在了美好的 20 世紀。

　　20 世紀有什麼好？第一好的，當然是我還年輕，青春蓬勃，身後跟的是相當於軍隊中四個排的男性聯盟，身前看不到邊的是任由我發揮想像力的無限前程。第二好的，是那時候北京還沒這麼髒，夏天還沒這麼熱，路上也許還不太塞車（這是我猜的，其實我沒什麼發言權，因為我窩在著名的青龍橋，見的兔子比車多）。還有一個好，是那時候在北京的飯館裡吃飯，大多數是不收茶錢的。

　　最後一點，在我後來發量去了廣州之後，成為心中永遠揮之不去的美好回憶。廣州的飯館收的不是茶錢，而是茶位錢，不論茶，按人頭收費。我當時覺得這規矩簡直不人道，破壞吃飯情緒。不過後來有人告訴我，其實他們收的不是茶錢，而是服務費，而廣東的服務的確值這兩三塊錢，於是我便釋然了。更後來，看到香港大才子陶傑寫香港幾十年前的館子裡，客人進了門，服務生便熟絡地上前問好，還會取出茶杯底上已經寫上客人名字的專用茶杯，奉上一杯他愛喝的香茗……這是舊香港文化的一個遺跡，於是我更覺得現時我付的兩三塊錢茶錢，是在向這項令人感念的傳統致敬，也算是值得了。

　　這趟回北京正好是清明前後，我在煙雨江南的浙江待了近一個月，肚子裡裝滿了明前龍井和某些不出名但是特別有山水清氣的好茶，在煙塵滾滾的時候回到了北京。從那以後，我再沒有喝到過一口好茶。我去過一個環境還算雅緻的茶館，那裡的花茶不知道是不是經過了央視鑑寶節目鑑定的古物，沖出來一股泥土之氣，挾帶一團泥土之色，望之竟不知是茶。我去過一個裝修豪華的會所，來自上海的某勁爆時尚雜誌主編替我點了一壺碧螺春，我難以把我面前那杯澀到我想咳嗽的茶和我印象中香煞人的美妙感覺聯繫在一起，但是服務員和主編都神態坦然，絲毫不以為然。

對我更大打擊的是，北京飯館裡的茶都收錢了，不論是一沖就綠得可疑、泡久了顏色會變成藍色的疑似上了色素的菊花茶，還是顏色褐黃、氣味刺鼻的所謂綠茶，竟然都伸手問我要錢，少則 15，多則 68，視該飯館對自己的定位而有不同，而茶的本身沒有任何質量差別。我不想花我辛苦打字賺來的錢去買這樣的一壺茶，所以我想，我能不能要一杯白開水呢？但我不是我那個在時尚雜誌做主編的朋友，她會帶著小資特有的神態對服務員說：「要一杯白開水，用玻璃杯裝，裡面放兩片檸檬，要青檸檬哦。」每次她這麼說的時候，我覺得服務員眼睛裡飛出的厭惡目光常常會誤傷到我。可是如果我以一貫怯生生的口氣說：「能給我一杯開水嗎？」服務員眼睛裡的鄙夷往往會噎住我至少一頓飯的時間。

後來，每次點完菜，服務員微笑著問：「酒水飲料要點什麼？」我都會氣衝丹田，大聲地回答道：「上一瓶啤酒，要普通燕京，三塊錢一瓶的那種喔。」

這世界沒這麼忙碌，在碎片如雪花的時間裡尋找樂趣

飲食之道，由內而外

▋吃純素齋很難嗎？

我的父母是經歷過 1960 年代的困難時期的，對於膳食的營養自有一套他們的道理，而且不容置疑。比如我的父親就堅持認為，任何市場上出售的營養素、維生素、口服液，都是騙人的，只要飲食均衡、葷素搭配，就什麼元素都不會缺，加上適當的鍛鍊，就能保持身體健康。所以，我們家一向沒有忌口一說，父母的口頭禪就是：必須得吃，當藥也得吃，什麼東西都是有營養的。

所以，我第一次聽說素食這個名詞時很慚愧，大約是小學四年級看了《京華煙雲》裡的一段，說木蘭一家和傅先生一家去遊西山，「在這種地方，當然大家都應當吃素，因為沒嘗過他們和尚做的素菜，就談不上吃素。西山廟裡和尚做的素菜，王爺吃起來也會滿意的。他們做的菜，也有『火腿』，也有『雞』，也有『魚捲』，不過都是用豆皮做的。樣子和味道像肉，青菜都是用大量的油做出來的，還有好多美味的蒸烙點心」。這段故事，結束於僧人聽到他們提到鷓鴣，出來道歉說：「我們沒有鷓鴣這道菜。」

而我第一次真正吃了一頓齋宴，卻是在姑蘇名剎寒山寺。那是一個暮春的傍晚，坐著烏篷船順運河走，兩邊有一些起起落落的院子，水邊搭了一個臺子，一個女子坐在上面彈著琵琶唱評彈。聽完評彈，棄舟上岸，寒山寺便在一個山坡上。寺院似乎並不大，但是因為名氣實在太大，所以難免敬畏之心大盛。禮過佛，敲過鐘，便有一桌豐盛的齋菜奉上。菜式很豐盛，「板鴨」「火腿」「紅燒肉」「螃蟹」海陸空全部上陣，但全部都是豆製品。吃了一肚子的麵筋卻覺得與我想像中的素齋相去甚遠，便匆匆離了席。據說後來還上了「魚翅」，倒沒什麼好後悔的，因為不用想也知道必然是傳說中的粉絲了。

回來便有些憤憤，一來不明白寺廟裡的和尚何必做這些假魚假肉，難道是尚未修行到家仍有口腹之欲需要滿足，便因此來望梅止渴嗎？二來是因為從小看小說而起的對齋菜的嚮往，名剎一遊之後便落了空。誰知卻有朋友來安慰說：「不好吃就對了，說明你吃到了真正的齋菜。青菜怎麼做才能好吃？廚師都知道，得用動物油才好吃。賈府的茄子為什麼好吃？因為用了好多隻

雞來配。」我恍然大悟，想起曾經看過一部小說，說豪富人家的老太爺要為子孫積德，決定吃素，最喜歡吃的就是蘿蔔。換了多少個廚師都做不好，最後來了一個聰明的廚子，偷偷熬了三天的海鮮湯，又用了許多匪夷所思的方法將海腥味去掉只留鮮味，最後煮出來的蘿蔔，才得了老太爺的歡心。有文學作品和自己的舌頭為證，我終於對寒山寺的素齋，重新煥發了一些敬意。

這個發現對於我的一個自稱做了居士要吃素的朋友來說，是個噩耗。因為他是大好優質青年，每日工作繁忙，不可能天天到廟裡吃素去，所以只能在平常的餐館裡點些素菜吃——不用說，很難保證油是植物油，很難保證廚師沒有習慣性地倒一勺高湯進去調味。發展到最後，我們發現他只能一個人坐在桌角吃涼菜了。不過，上個月的某一天，他默默地又開始吃肉了。據他的說法是，佛祖還以身飼鷹呢，吃素還是不吃素，只是形式問題，心中有佛便是了。他微笑著說，放下執著重新開葷，說明他的修為又上了一層。

而另外一個想減肥又一向食不厭精的女性朋友，卻從這裡得到了啟發。燒一鍋排骨冬瓜，只吃冬瓜，想吃蘿蔔，卻買兩斤牛腩來配；家裡常年燉著高湯，做青菜從此不用加水只加高湯……據她說，這種吃法是有來歷的，叫做鍋邊素。如此這般吃了大半年，浪費了許多的雞鴨魚肉之後，她悲哀地發現，自己的體重不減反增了。當然了，那些動物營養的精華都被煮到湯裡去了，如此這般的鍋邊素，可比吃葷更加罪過。

這世界沒這麼忙碌，在碎片如雪花的時間裡尋找樂趣

飲食之道，由內而外

▋吃出來的身分

　　吃是人生的一大快事，一開始是為了果腹，後來是為了滿足口腹之欲，現在流行透過吃來攝取均衡營養，保證身體健康。而曾經，有人透過吃來顯示自己的財富權勢和地位。據說，在17～18世紀的法國，國王為了誇耀自己的權力和財富，經常在宮廷舉辦各種各樣的宴會來招待王公大臣。

　　電影界才女蘇菲亞·柯波拉的野心之作《凡爾賽拜金女》裡，用極度華麗奢華的筆調，講述了亡國皇后瑪麗·安東尼在法國宮廷窮奢極欲的生活。但是，媒體報導說這部電影當時在坎城影展上放映的時候，遭到了影評人和觀眾的噓聲，因為「他們不喜歡好萊塢電影描述這位奧地利出生的法國王后的方式」。當然，我理解法國人也許和中國人一樣對自己的文化有著深厚的感情，對於外國人尤其是美國人空洞粗放的理解方式，在心理上會有天然的牴觸。就好像人人都說電影《末代皇帝》是經典，但是中國人看起來，總覺得像是抹了奶油的餃子，吃起來不是那個味道。對於法國宮廷文化，我沒有深刻的理解，但是看到《凡爾賽拜金女》裡表現瑪麗奢侈生活時以蒙太奇手法出現的一份一份色彩鮮豔的甜點時，還是忍不住被誤導了一下，心中疑惑，凡爾賽拜金女在口腹之欲上，難道就這一點追求不成？

　　當然不是，根據雷蒙·奧利佛（Raymond Oliver）所著的《法國餐桌史》上記載的一份路易十四的菜單顯示，宮廷大餐絕不僅僅是甜點這麼簡單，場面之宏大足以驚人。路易十四那天10點鐘的午餐是這樣的：湯是3隻老閹雞、3隻鷓鴣煮的甘藍菜湯；6隻鴿子製的奶油濃湯；雞冠肉派湯。前菜是閹雞和鷓鴣。間菜是16公斤小牛肉和配菜、12個包餡餅鴿子。小間菜是6隻燉雞、2隻鷓鴣絞肉、3隻拌醬小鷓鴣、6個炭烤派、2隻烘烤小火雞、2隻包松露雛雞。烤肉是2隻浸油閹雞、9隻雛雞、9隻鴿子、2隻幼鴿、6隻鷓鴣、4個果餡餅。甜點是兩桶水果、兩種乾果醬、四種糖煮水果和果醬……路易十四雖然是「太陽王」，卻也吃不下這麼多的食物，但是為了能儘量多吃一點，他用鵝毛搔弄喉嚨，把食物吐出來，然後繼續吃。吃完這頓驚人的10點的午餐之後，他的廚師證明，一點也沒有影響他6點鐘晚餐的胃口。

吃出來的身分

　　不是路易十四有自虐的傾向,而是在那個物質相對匱乏、社會財富不曾極大豐富的時代,能夠成為大胃王就是財富和地位的象徵。因為在那個年代裡,吃什麼並不重要,重要的是每頓飯都能吃飽,而且能吃到非常飽。這種飲食思潮,對於中國人來說,是很難認同的。因為早在春秋時期,每天以嚴肅、恭敬的態度生活的聖人孔子,就已經開始講究食不厭精、膾不厭細,意思是糧食要舂得越精越好、肉切得越細越好、食物要越精製細作越好了。所以,對於民間飲食文化也有幾千年發展的中國人來說,更多地會認同吃什麼比吃多少更能代表一個人的身分地位——發展到後來,自然就是用鮑參翅肚了。江湖傳言,李嘉誠每天早上起床要吃一隻兩頭鮑來醒胃。江湖還傳言,為什麼「肥肥」沈殿霞的女兒體型曾與她如此相若,是因為這個姑娘從小就過著「魚翅漱口」的生活⋯⋯所以,對於在職場中打滾的普通人來說,鮑魚醒胃、魚翅漱口不是一種生活方式,而是一種奮鬥目標。

這世界沒這麼忙碌，在碎片如雪花的時間裡尋找樂趣
飲食之道，由內而外

▋誰沉溺中式飯局？

中國的飯局史可能和飯史一樣的源遠流長，我找不到最早關於飯局的記載，但是我找到了飯局最輝煌的年代，那就是隋唐五代。有名畫《韓熙載夜宴圖》為證，那時的夜宴歡快純粹，肯定不像中國著名導演馮小剛拍的那部電影《夜宴》，充滿了陰謀仇恨，愛慾交織，讓人食不下嚥。《隋唐五代社會生活史》中「宴會」一節裡說，在那時，光是皇帝的賜宴與會食就花樣繁多，且吃起來沒完沒了。最為尊貴的一種叫「大酺」，時間一般為三至九日，在全國城鄉舉辦。大酺期間，百官庶民可恣意聚飲，歌舞嬉戲，並伴之以各種遊樂活動，於是經常亂到無法收拾，有點像國外的狂歡節。

這樣鬧下去，連最喜歡冶豔遊樂的風流皇帝唐玄宗也受不了了，他憂心忡忡地對高力士說：「吾以海內豐稔，四方無事，故盛為宴樂，與百姓同歡，不知下人喧亂如此，汝何方止之。」當然，這也是一個州官放火不許百姓點燈的主子，他不願意看到下人百姓宴到歡娛時的醜態，自己卻依然沉浸在夜宴中，宴丟了美人，宴丟了江山，只留下一個夜宴的傳說，穿越千年的紅塵。

夜宴這麼文雅的名稱，現在只能在電影裡看到了，老百姓就直截了當稱為飯局。飯局如今在我們的生活中起的作用，遠比夜宴重要，因為相聲段子裡說了，談事情要飯局，沒事情更要飯局。以前的生活是從一頓飯到下一頓，現在的生活是從一個飯局到下一個飯局，中國的社交文化基本上就是一個飯局的文化。這個文化發展到什麼程度了呢？飯局已經跨越了生活方式，成為很多人的生存方式。因此，有一種調侃：「飯局很多的男人後面都有一個怨婦，完全沒有飯局的男人後面有一個超級怨婦。」

前幾天和幾個企業家在飯局上，說到以前飯局流行黃段子，如今流行更加因景生情的飯局段子。企業家 A 興致勃勃地開講他所吃過的各國飯局。據他說，俄羅斯飯局相當於東北飯局，是個酒局；新加坡飯局最為無趣，而且千萬不要去人家家中，因為新加坡的習俗是要替主人收拾殘局；德國飯局最粗豪，大口喝酒、大塊吃肉，要是有劉歡在一旁伴唱《好漢歌》就完美了；日本飯局最精緻，就是怕生魚片有寄生蟲，不敢多吃。所以，吃來吃去，還是中國飯局的境界最高。我們都恭維說：「有一個飯局專家替我們吃過了那

麼些不良的飯局，省了大家多少時間和精力，從今往後，只需專注國粹就好，有功啊。」

說著，企業家 A 突然傷感起來，說他的美好時光都流逝在飯局中，突然發現女兒已經長大了，現在已經不許親臉蛋，只能親額頭了。說完，企業家 B 就更加傷感，說聽完 A 的話，才發現自己的女兒已經 20 多歲了，可是自己好像還從來沒有抱過她——從今往後，只怕更加沒有機會抱了。企業家 A 接著說：「應酬太多，實在沒有時間在家中顧及女兒的教育。昨天與女兒約法三章，只要她以後一不入黑社會，二不吸毒，三則考慮一下老爸的承受能力，儘量不要同性戀，其他的，就隨她自由發展了。」

後來我發現企業家 A 其實是一個很有遠見的人，因為我看到美國一本雜誌上說，最近 30 年來，社會的飛速發展加上經濟和技術方面的原因，使得人們在家中聚餐的次數大大減少。而這一變化導致了許多傳統價值觀的顛覆，也讓青少年產生不良習慣的機會大大增加。家庭聚餐，特指有規律地在家中與家人一起吃飯的習慣，實際上等於教化孩子，因為在飯桌上，父母的言行都會影響孩子。所以，在家吃飯的頻率越高，孩子們抽煙、吸毒、患上憂鬱症或者飲食失調的概率就越低，甚至據說開始性生活的時間也會比較晚。

這些研究成果，皆出自設在哥倫比亞大學的美國國家預防濫用成癮物質中心的報告，具有權威性。讓我感興趣的是這家機構的名字——「濫用成癮物質中心」。似乎並不是說那些青少年們因為喜歡在外面吃肯德基、麥當勞，而導致家庭聚餐倫理的崩潰。導致不良習慣滋生，對飯局成癮的，還有一面和兒女約法三章，一面在私房菜中大快朵頤的父母。

這世界沒這麼忙碌，在碎片如雪花的時間裡尋找樂趣

飲食之道，由內而外

▍還有什麼能吃的？

一個我曾經以為已經成為歷史的詞彙，又重新回到了我們的生活：網站和報紙的頭條全面飄紅，告訴我們「蘇丹紅又回來了」。這一次，挾帶著蘇丹紅回到我們生活的，是鹹鴨蛋。那之前我還在滿口地讚嘆，說現在科學技術日新月異，醃製鹹鴨蛋的技術也明顯提高，一打開，個個紅通通直流油，看著都有食慾。再一對照新聞，直接嚇出一身冷汗。

趕緊給爹媽打電話，說鹹鴨蛋也不能吃了。他們說：「知道了，知道。」無二話，也不追根究底，彷彿大家都已經習慣了這種通話方式。春天的時候我跟他們說，千萬不要吃雞和鴨以及會飛的動物，有禽流感。夏天的時候我跟他們說，千萬不要吃西瓜了，聽說又紅又甜的西瓜，全是注射的顏色和糖分。秋天了，我媽說冬棗很好吃，我說：「哎呀，本來我也很喜歡吃的，可是看到電視上說它們都是在蜜糖水裡泡過才這麼好吃，總之不健康，還是別吃了。」他們問我：「你喜歡吃什麼啊？」我說：「螃蟹，正是吃螃蟹的好時候，簡直是一日不吃，如隔三秋啊。」他們說：「千萬不能多吃啊，聽說都是激素養的，比之冬棗，更加不健康。」

每次談完話，我們就都很憂傷地想，還有什麼能吃的呢？不多了。我時常在外面吃飯，大家說這就是我最近開始發福的原因，因為地溝油最增肥。我很羨慕我爹媽，天天在家吃住家飯，又健康又環保。我媽說，那天她上菜市場買菜，聽到兩個賣菜的菜農在對話。一個說自己的菜昨天剛打過農藥，今天就拿來賣了；另一個說城裡人真厲害，怎麼都毒不死。

然後我跟我媽一起笑，說：「對啊對啊，我們吃了這麼多年，都有抗藥性了，等閒的農藥已經藥不死我們啦。」

其實心裡還是很難過。以前在新聞裡看到賣假酒假藥的，似乎離我的生活還比較遠，感嘆幾聲就過去了。後來看到新聞裡說，浙江的小廠把CD片壓碎了做成奶瓶，在超市裡面出售，嚇出一身冷汗。再後來，發現原來自己早前都是大驚小怪了，不要以為不去農貿市場，不去貪小便宜買廉價貨就能逃離危險。沒看新聞裡說的嗎，蘇丹紅的鹹鴨蛋出現在頗為高級的酒店飯館

還有什麼能吃的？

裡。高級飯館也許不是人人都會去，可是聽說人人都去的超市裡面袋裝的免洗米，都有可能是陳米、霉米、毒稻米，吃多了致癌。怎麼辦好呢？難道為了這個我連吃飯都戒了？

　　我們只有兩個選擇，一是為了拒絕不健康食品，把自己餓死；二是為了以毒攻毒，專挑有毒的東西吃，總有一天養到百毒不侵，就像武俠小說裡面寫的「藥人」一樣了。我以前看到那些外國人到了中國，這個不吃，那個不吃，光吃水果，就會愛國熱情發作，想跟他絕交。可是現在，如果我有外國朋友到中國來，我會主動給他開一張清單，列出禁吃食物。不過，現在這張清單越開越長，名單的最後一行，寫的是「稻米」。

這世界沒這麼忙碌，在碎片如雪花的時間裡尋找樂趣
我們都是職場中的好孩子

我們都是職場中的好孩子

▋永不和貝嫂說再見

如果我是國際足聯主席,每屆一定留一個位置給英格蘭隊免試進入決賽圈,因為這支隊伍,從教練到球員,從太太團到親友團,從狂熱球迷到尾隨而來的無孔不入的英國小報,都在卯足了勁地演出,讓全世界看球或者不看球的人都能盡情欣賞。

先說英格蘭太太團。雖然根據我的研究,論相貌和義大利太太團差了一射之地,但是她們的搶新聞版面的能力和消費力,卻是首屈一指的。光是領軍人物前「辣妹」貝嫂,戰事還未開始,就因為一擲近 10 萬英鎊搭私人飛機看比賽,全家老少包括保姆、保鏢、司機擠爆酒店總統套房一事在全世界報紙的娛樂版上又露了一次臉。以至於在後面的比賽中,小貝在場上做一個動作,下一個鏡頭就切到看台上的貝嫂臉上。他進球了,她歡呼;他踢飛了,她沮喪;他下場了,她起立鼓掌;他哭了,她的眼角有淚光閃動。讓我懷疑在英格蘭隊比賽的時候,現場多達 25 台的錄影機,有一台被命名為「維多莉亞追蹤器」。貝嫂也非常有敬業精神,拖著幾個孩子,身穿緊身背心和超短熱褲的身姿除了對得起鏡頭之外,讓那則關於她 3000 英鎊做頭髮、500 英鎊洗牙,斥巨資隆胸並且一隆隆了三次的舊聞,又被翻出來溫故知新了一次。

說起貝嫂,本人是相當之景仰的。在此之前,我一直稱呼她為貝隊長的「星媽」。因為她在辣妹合唱團紅爆全球的時候,居安思危,發掘了貝隊長這支當時尚未完全開發的潛力股。她在長達 10 年的時間裡,將這個頂一頭中分金髮,1998 年從法國回去被《太陽報》以《絞死貝克漢》的大字標題鞭撻過的年輕人,打造成了一代時尚教父,一個偶爾被教練飛靴命中,偶爾因為寂寞出軌,更多時候叼著奶瓶送孩子上學的超級完美男人。縱是再多人質疑他的能力,說他除了右腳一長傳之外一無是處,也不妨礙他年年出現在 adidas 的廣告中以任意球破門。因此,英格蘭媒體其實應該感謝貝嫂,是她為英格蘭隊貢獻了一顆國際巨星。他一個人的品牌價值,可能大於整支球隊。

貝隊長的世界盃謝幕演出相當的悲情,讓許多質疑過他、抨擊過他的人都滿懷熱淚,為他唱響了一首侯德建的《三十以後才明白》:「三十個春天看不到第三十一次花開,三十個秋天看不到第三十一籠小麥。」不,不,不,

你可以對艾瑞克森沒有信心，可以對魯尼沒有信心，甚至你可以對貝克漢本人沒有信心，但是一定要對超級無敵的貝嫂保持百分百的信心。貝克漢被無情地排斥出英格蘭國家隊之後發生的一切證明，貝嫂的商業頭腦不同凡響。維多利亞曾經賺得比貝克漢多，但是現如今，她早已經不用拋頭露面，想一想新髮型，偶爾曝一曝緋聞，賣一兩張新生兒的照片就夠了。賺錢的最高境界是不賺，讓錢自己流入口袋——貝嫂做到了。

我們曾經希望，在2008年的歐洲盃，或者北京奧運會的賽場上，我們還能看到大大小小的鏡頭前出現貝嫂的一顰一笑。很遺憾沒看到是嗎？可是自從貝嫂把貝克漢慫恿到了美國，我們才知道原來兩個世界級的帥哥——小貝和阿湯哥竟然是好朋友，我們才知道我們看著長大的大公子布魯克林和小公主舒莉竟然在球場上有這樣青梅竹馬、眉目傳情的時刻。我們三天兩頭的看到這兩個明星家族闔家出遊的照片，看到貝克漢伸手扶起被單車絆倒的狗仔隊員時臉上那溫和的帶著英倫紳士風度的照片。這一切讓我們相信，只要有貝嫂在，他們越來越龐大的家族，就永遠不會淡出我們的視線。

我們依靠他們而八卦，他們依靠我們的八卦而生存，貝嫂比任何人都清楚這一點。

▌如何能夠相忘於江湖？

某次到一個網站去做聊天直播，其中有一個網友問我說：「如何跟老闆做朋友？」我的第一反應是，你為什麼要和老闆做朋友？後來心想，這樣赤裸裸反駁網友的話，實在顯得不夠禮貌，於是嚥下。我的第二反應是，員工有和老闆成朋友的嗎？我的印象裡，的確有。大老闆和二老闆是朋友的，那是創業夥伴，二老闆和三老闆是朋友的，那是利益同盟；大老闆和中階管理者做朋友的，那是臥底是眼線，大老闆和櫃檯小姐做朋友的，不用我說大家也知道那是什麼。

這些肚子裡的話，被我一一嚥下，辛苦異常。可能主持人看我臉色有異，知道我八成不是不會回答這個問題，而是想了一肚子不合時宜的答案，倉促之間選不出一個能放到檯面上講的，趕忙投我所好，打圓場替我舉了一個我最拿手的例子，說紫鵑丫頭和林黛玉小姐，那可是員工和老闆之間的典範，真心換真心，姐妹情深到了極處，有我一天好，便必定有你一口飯吃，可見跟老闆做朋友，還是有可行性的。

我唯唯點頭，因為我實在不想拿紫鵑和林黛玉這樣情深似海的感人故事開玩笑，如果我說紫鵑看好林黛玉起點高、硬體好、軟體也過得去，一力打造她，其實倆人是創業夥伴。如果我說林黛玉後來沒什麼依靠，在婚姻問題上沒什麼戰略思想，全靠紫鵑在枕頭旁替她出謀劃策，關鍵時刻不顧面子竄出來和薛姨媽說：「姨奶奶既然有這個心，何不跟老太太說去。」其實倆人是利益同盟。如果我說萬一林黛玉笑到了最後，紫鵑那個姨娘也是穩坐釣魚台，和八面玲瓏、機關算盡的襲人其實是殊途同歸。如果我膽敢說出上面任何一句話，相信第二天我會非常自覺地不再上網和紅樓愛好者們見面。是的，儘管我經常說我不憚以最壞的心來揣測那些千嬌百媚的姑娘，儘管我經常說職場就是赤裸裸的利益關係，但我還是希望在小說裡，在那個虛幻美麗的大觀園中，有一對姐妹，她們不曾受到商業社會的薰陶，還保留著善良純潔的心靈。

所以，我建議以後想對員工跟老闆能不能做朋友的問題發表意見的朋友，一定要舉例的話，還有一個更恰當的，是韋小寶和康熙。他們之間的關係，

映射到我們現代的環境中，會更加的貼切。他們一個是洞若觀火的老闆，一個是察言觀色、心底半公半私的員工。他們小時候打鬧、摔跤、吃點心的過往，雖然和小桂子大人後來立下的樁樁驚天大功勞不能相比，但是在小皇帝的心裡，卻永遠在功勞簿中占據第一頁。所以，即便小寶發現了假太后養男人的祕密、小皇帝發現了小寶其實是個男人的祕密，這些殺頭的罪過在兒時的情誼面前仍顯得那麼微不足道。

他們正式的上下屬關係，開始於小皇帝頻頻以「替身」為理由，將這個不學無術的福將派去危險的第一線歷練，等到他馬到成功、荷包鼓鼓地回來的時候，等待他的便是升官和發財。但是，事情沒有那麼美滿。事實上，老闆對福將從來不是那麼放心，他安排了一個又一個的眼線，掌控著小寶的一舉一動。小寶的所作所為其實都在他的控制範圍之內，永遠不能有一絲一毫侵害他的利益的行為。而小寶對皇帝也從來不是像他所表現的那麼忠勇不二，他貪財好色、貪生怕死，維護著老闆的利益，但是在關係到自己的生命財產安全的時候，跑得比誰都快。腰纏十萬貫，帶著七個老婆騎鶴下揚州的結局，是作者在最後時刻的筆下留情。

現實生活中的小寶和康熙，有幾對能夠演出相忘於江湖這樣溫情的劇幕？不，不要對朋友兩個字抱不必要的信心。現代的商業社會，職場生涯的作者，不是金庸，更不是曹雪芹。

這世界沒這麼忙碌，在碎片如雪花的時間裡尋找樂趣
我們都是職場中的好孩子

▌撒潑的規則與邊界

近年《紅樓夢》很時髦，各個電視台不斷重播，收視率想必不俗，因為像我這樣看過無數遍的人，都忍不住順應潮流，又從頭到尾看了一遍。那日看到鳳姐為了騙尤二姐住進大觀園，拿腔拿調演了一場戲，就有人問我，鳳姐為什麼要這麼做？

我說很簡單啊，鳳姐心裡恨她，要向她下手，可是住在外宅不方便，又不能買兇殺人，又不能投毒放火，因此要挪到自己身邊，才好慢慢地折磨。有人又繼續追問，為什麼不能買兇，不能投毒？夏金桂後來不是就企圖給香菱下毒嗎？

看來此事還得當真，值得細細分析。夏金桂投毒案，一來不是曹雪芹寫的，高鶚的續書算不算得數還是兩可呢。二來最要緊的是，即使夏金桂真的投毒了，鳳姐也不能投。為什麼呢？因為鳳姐雖然潑辣，是個著名的潑皮破落戶，但是她畢竟是大家閨秀，行為方式就不可避免地受到大家族教育的影響，所以不會太離譜。她也不喜歡她的婆婆邢夫人，可是在邢夫人跟前也只能畢恭畢敬地叫太太，太太說什麼，她明裡也不敢說不，只能暗地裡想辦法脫身。夏金桂就不一樣，婆婆在那兒說話，她就可以不講規矩，站在房門口跳著腳地拌嘴。同理，夏金桂敢明著吃醋撒潑，讓香菱晚上沒的覺睡，說話夾槍帶棒地噁心人，到最後索性要投毒。這事兒，鳳姐是做不出來的。作為大家族出身的小姐和當家奶奶，她怎麼著都得顧著一個賢良的名聲，在長輩面前一絲兒不敢露出拈酸吃醋的樣子，總得笑瞇瞇地說：「姐姐我不在乎。」即便是害人性命，也是要借刀殺人，把人逼到絕路上自盡才算了事。

其實夏金桂僅僅是小說中的一個規則破壞者，中國歷史上的規則破壞者，層出不窮。我對軍事不熟，不過受三國演義影響，最見不得武力較量。非要像諸葛亮那樣，埋伏計、離間計、反間計層出不窮，才覺得過癮。只不過，用計的反面就是陰謀。蔣幹中計的時候人人叫好，到最後請君入甕讓袁崇煥中了反間計，於是大家扼腕嘆息，大罵皇太極狼心狗肺，崇禎皇帝不長眼睛。回頭看拿破崙和威靈頓，真刀真槍地拚一場，拿破崙就算兵走滑鐵盧，卻也該叫一聲痛快，從此英雄相惜。

縱觀中國歷史和世界歷史，外國有寵臣小丑，中國有內侍太監；外國有權臣，中國有外戚當權、太后垂簾；外國有斷頭台，中國有凌遲、腰斬、五馬分屍；外國有滑鐵盧，中國還有長平一戰，坑殺 40 萬趙軍。歷史都是血淋淋的，只是我們總比別人要多走一步，而這一步，通常就走到了底線之外。

這條底線，在鳳姐那兒是封建女德，在歷史上是道德、律例，在現代社會也許就是商業道德和公平競爭的原則。

20 多年前，美國哥倫比亞大學商學院做過一個調查，向 20 個國家的 1500 名企業行政人員進行一項前瞻性的意見調查，詢問他們什麼將是 21 世紀的模範企業執行長應具備的重要條件。結果顯示，受訪者普遍認為模範企業執行長應具備的首要條件是道德。重商業道德的經營之道，似乎基本上是英美人的喜好和產物。不過到今天，美式營商模式正在中國被一遍一遍地複製，道德卻是除外的。以次充好、惡性競爭、互相拆台、指名道姓地在媒體上謾罵攻擊，這些都是日日可以在公開的財經報導裡見得到的。

一位就職於國外諮詢公司的朋友最近遭遇一樁無厘頭案子，中國某國有大企業找他們做全套諮詢策劃方案，說的是要重組架構，疏通脈絡，讓國有企業煥發新生力量以應對日益嚴峻的中外競爭。諮詢公司經過連番調查研究討論，最終拿出方案，報了一個行情價——500 萬。對方董事長助理，折騰了好多天才羞羞答答地回覆道：「便宜點，50 萬吧。」

諮詢公司啼笑皆非，拂袖而去，然後跟我談起的時候嘆息曰：「不可理喻。」我說：「你在國外待久了，這詞不夠生動，應該是不懂規矩。」

這世界沒這麼忙碌，在碎片如雪花的時間裡尋找樂趣

我們都是職場中的好孩子

▌女飛人的故事

據說美國的體育評論家們對現在 NBA 的大牌明星們很看不上，覺得比起當年的天神級人物喬丹差太多，以至於喬丹退役這麼多年都沒有人能取代他的地位。出現斷層，實在讓體育界和觀眾都倍感失望，情緒低落。那麼，看到我這個「女飛人」的字眼，是不是會給大家一個驚喜呢？

其實我說的這個人跟籃球沒有絲毫關係，我們管她叫女喬丹，因為她是女飛人。這個「飛人」，指的是這幾年突然冒出的城市暴走族和環球飛人。顧名思義，當然是指那些專門在各個城市裡遊走、居無定所的人。

從時尚雜誌裡走出來的飛人，無非指點一下小資讀者們那些他們永遠也去不了的城市有些什麼風情，以及小資們永遠也用不上的米蘭購物的 Tips。每每看到這裡，女飛人周總是鄙夷地扔掉雜誌，說那一定是編輯們自己寫的。老闆花錢讓他們飛來飛去，不是讓他們去考察民俗、瞭解購物的。所以說，飛人們如果還有一件事情可以有發言權的話，就只有酒店了。

小資說，只有在旅行的時候，才感到做回了自己。飛人周說，只有住進了酒店，才能夠徹底放鬆自己。因此她有句名言：什麼地方都不如酒店（East, west, hotel is the best）。因為住過的酒店太多，飛人周已經成了朋友圈中的活的酒店通。不論是國外的還是中國國內的，貴的還是便宜的，只有你想不到的，沒有飛人周不知道的。而認識她多年，沒有一個朋友知道她的老巢是什麼樣的，因為大家只有在酒店中才能見到她。

我這次和飛人周見面，是在半島酒店。在商業和古典精神混合的維多利亞港邊上，多次入選世界十大酒店的半島酒店一直展露出一種大家風範。和它僅僅相隔一條馬路的就是聲名狼藉的重慶大廈，彌漫著咖哩和香料味道。從這兩個房間看出去，相同的景象除了有點遲鈍的海之外，還包括一群被稱作「老泥妹」的邊緣少女，這些說不上有姿色、身體單薄的亞裔女子會在海邊的長椅和階梯上露宿。

飛人周站在窗口看著對面，無比感慨，說她剛剛從北美回來，在可以看得到尼加拉大瀑布的喜來登酒店，看到了一群被酒店大廳經理視作不可思議

的拉丁美洲年輕女子，她們長期在大瀑布周圍蓬頭垢面地露宿。令人擔心的是，在嚴冬來臨之後，多麼渴望自由的人也不可能在戶外流連。那時候，她們會不會又隨著一家又一家廉價的汽車旅館繼續這樣的漫遊生涯？看著自己在玻璃上的模糊影子，飛人周說，那些拉丁女子雖然衣衫襤褸，在酒店外面徘徊，卻依舊明亮豐滿；而自己雖然住著超過一百平方公尺的豪華套房，卻已經塵滿面、鬢如霜。真不知道誰應該羨慕誰啊。

這世界沒這麼忙碌，在碎片如雪花的時間裡尋找樂趣
我們都是職場中的好孩子

▎名流後代的前途問題

　　某天上班的時候，發現座位上坐了一個人，還在我電腦上打了一片英文，於是氣勢洶洶走上前去，要維護主權。那女子好有禮貌地說：「這是一份很重要的東西呢，可不可以再用一會兒？」我不好意思拒絕，於是就盡可能地給了她一個臉色看。

　　一回頭，就被人拉到一旁道，人家是老闆的女兒，多少得給點面子。我還不信，說老闆的女兒，可是大大的富家女哪，怎麼會屈尊到跟我搶電腦，太不符合身分了吧。人就說了，說富家女是新加坡籍，有日本血統、美國學歷，該會說的話都會說，住在五星級酒店的一頂級套房裡，一天的房租是我吭哧吭哧幹一個月也遠不夠的，用一下我的電腦怎麼了？富家女的纖指一揮，別說電腦，下一頓飯我都不知道該著落在哪裡。

　　我有點鬱悶，好奇心勃勃而發，說：「我還真從來沒有近距離接觸過如此級別的富家女哪，這回多看了兩眼，就忍不住想罵人，比我有錢、比我年輕、比我漂亮我都認了，富家女的臉上連個痘痘都不長，實在讓人心理不平衡。」

　　於是只好就安慰自己說，富家女二十出頭，要什麼有什麼，就連追求愛情，也不用像我們似的要把對方的身家財產、父母、職業、大學、專業考慮在內，想愛就愛，可是人家也從此沒了追求的目標，多沒勁啊。除非學賭王的女兒去拍電影做明星，否則人家可能不像我，動輒還可以做一個發達的美夢，有一點上進的雄心啊。

　　不久後，在某時尚雜誌上又看到一個有過一面之緣的女子，對不起，我一時拿不定主意，是稱呼她女企業家好，還是女專業經理人好，總之是一個企業界中人，穿著一看就很貴的衣服，在一些布置得很奢靡的場景中擺著時下很流行的某些造型。

　　當年我和她相見，不過是在某個公開場合有過寥寥數語，便到如今也記得她的長輩都是文化界的泰山北斗、高山仰止的人物。這樣的身家不經常拿出來曬一曬，是對不起自己也對不起這副身世的。於是該女子擺著造型說完

身家之後，又忍不住顯擺了一下，說自己不喜歡清貧的生活，只喜歡現在這樣，飛來飛去，今天巴黎，明天紐約，不過即使在飛機上睡覺，也能保持妝容無懈可擊。還說了喜歡穿名牌，想穿 PRADA 就買 PRADA，想穿 GUCCI 就買 GUCCI 之類的話。

雜誌上了網，網友們看見就不樂意了，說真是斯文掃地啊，這麼個大學問家，下一代還算好歹能靠長輩的餘蔭做個文學家，到了第三代，竟然就拜金到這個程度，光知道顯擺那幾件行頭了。

可見做富家女其實也很不容易，光有錢不行，容易被某些像我這樣心理陰暗的人看成這輩子除了愛情就沒法有別的理想了；又有錢又有文化也不行，連顯擺的資格都沒有。這麼說來，只有生生世世都沒福氣做富家女才符合大眾審美要求啊。

這世界沒這麼忙碌，在碎片如雪花的時間裡尋找樂趣
我們都是職場中的好孩子

▋長安夢

有一本書叫《攮女子婚人述祕法》，裡面記載了唐人各種稀奇古怪的求愛法。所謂「攮」，通「禳」，即祈禳，意為祈求福祥，袪除災變。「婚人」指結過婚的男人。從書名上看，我們就知道這是一本古代人寫的有關追求術的勵志書，或者唐朝版的《知音》《家庭》《人之初》。不過這書裡面的內容，絕對能讓號稱見多識廣的現代人大跌眼鏡。其中講：已婚女子在得不到丈夫的愛情時，有許多方法向丈夫求愛。譬如用赤著的腳放在丈夫肚臍處抓癢；譬如把丈夫的大拇指指甲燒作灰，用來飲酒，表示對丈夫極為尊敬；譬如取自己下眼睫毛 14 根燒作灰，用來飲酒，用這種輕微的苦肉計贏得丈夫的憐愛。從這個方面來看，這些手段實在與巫術無異。不過從這裡我們至少可以再一次體會到唐朝的風氣是何等的開放，女人的調情手段都能如此厲害並花樣百出，可見中國女性內向刻板、不懂得釋放自我的論調都是後來宋元明清的那些理學學究胡說八道的遺毒。

唐朝的確是一個非常有吸引力的朝代，不僅是因為那些開放、風騷的女性。按照普遍的說法，唐朝就是封建時期的黃金時代。它在我們心目中過於光彩奪目，以至於今天很多人心嚮往之，自比唐朝人成了一件時髦的事。例如：北京大學據說有一個重點研究項目中的一項就叫「盛唐工程」；作家李敖說，自己最想做唐朝人；連藝人斯琴高娃也湊熱鬧，說「我也是」。

現代人對唐朝的嚮往，大概是從 1980 年代開始的，到現在已經漸漸式微，正如美國夢。其實現在看許多中國國內知名企業家的回憶錄，有時候會不小心看到，當年他們是如何不顧一切地用盡各種辦法，以各種方式想跨上那個據說最富饒的國度。當然最令人感慨的莫過於《北京人在紐約》中，王啟明兩口子拿了簽證走出美國大使館，在街頭那驚世駭俗，但是充滿希望和夢想的一吻。

其實在某些方面，也許唐朝的開明比起美國來有過之而無不及。舉個例子來說，武則天剛入宮的時候，是個小才人，雖然也是御妻身分，但是她和皇位之間的距離簡直遙不可及。如果要從美國找一個樣本來比較，就如陸文斯基和總統寶座之間的距離。

陸文斯基從來沒想過競選總統，她所有的心事都傾訴在她的自傳中的一句話裡，「他是愛我的」。而14歲的武則天入宮時，母親楊氏傷心慟哭，武則天卻安慰母親說：「母親不要難過，女兒得以一近天顏，怎知不是福分呢？」

看到武則天這樣麻雀變鳳凰的傳奇故事，就可以明白，為什麼人人心中有一個長安夢。因為武則天通往權力頂峰的道路，雖然血流成河，卻也是時勢造英雄。如果不是《攥女子婚人述祕法》裡這樣驚世駭俗的開放風氣，武則天一介女流，縱有通天本事，也很難名正言順地讓一群昂藏七尺的男兒對她三跪九叩，山呼萬歲。像武則天一樣的鐵腕女性，歷史上不是沒有，如呂雉、劉娥、孝莊、慈禧。她們最終沒有成為最高領導人，阻礙她們的不是自己的能力，而是這個社會的風氣。

我們現在嚮往唐朝，各有各的理由，但是歸結到一點，根本原因還是無法實現自己的夢，於是換一個地方打一槍。出國的理由如是，跳槽的理由也如是。呂雉和劉娥那是沒得選擇，如果像今天這樣，人才可以隨意流通，簽約和解約都可以演成一齣鬧劇，還有獵頭公司幫忙起鬨，那她們還不個個都奔著那唐朝去了，比當年我們去美國的心都急切哪。不為別的，就為了在唐朝，女子的事業前景不會被一個玻璃屋頂罩著啊。

▎標準化的優勢

最近在痛苦的回爐再造過程中，我深刻地體會到了成語「邯鄲學步」的意思。嗯，這個成語說實話已經很多年沒有出現在我的語言體系中，都快被我忘記了。直到上週末，我去打球，球友們個個都很關心我回爐重造技術的進程，一見我出現，紛紛問我練得怎麼樣了。半個小時以後，又紛紛帶著一絲遺憾和不解的表情對我說：「不怎麼樣啊，怎麼好像還差了點呢？」

我也很鬱悶，我的那個教練，水準絕對沒問題，平時打球絕對是個實力派，動作標準又漂亮。但是這也不能保證他就是神醫，一針下去藥到病除；同時我也不是天才，沒法一點就通。所以指望兩三節課就能讓我有脫胎換骨的變化，那肯定是不可能的。不過，讓我鬱悶的還有一個原因。這些不給我面子的群眾說出了一個真相，經過了幾次練習，我的確比以前更差了。

原因就在於，我已經意識到了我之前所有的技術動作都是不對的。因此，在打球的時候，手一抬，心裡就想：這是錯誤的動作，可是正確的動作該怎麼做呢？舊的去了，新的沒來，我就如同那個去邯鄲學人走路的燕國壽陵少年一樣，最後只能四腳爬了。

回去跟教練一說我的痛苦，他表示很理解，然後說：「我傳授你幾招心法，這個比較速成。」我大喜過望，趕緊洗耳恭聽，他開口說：「打球最重要是前三拍你知道吧？」我點頭：「發球、接發球和接接發球嘛，這個我懂。」他滿意地點點頭：「我就教你這前三拍怎麼打。發球你會的哦？」

我頓時面露苦色，舉手道：「老師，以我的經驗，我其實啥也不會，以前會的都是錯的。」

他還不信，我發了兩個，他立刻說：「的確不對，要改。」

於是那天的課，我沒學到速成的心法，光練發球了，並且練得極其痛苦。因為習慣是一個非常可怕和頑固的東西，而越是小習慣，改起來就越困難。光是反手發球最後會抖手腕揚拍面這個小小的習慣，一晚上發了幾百個球，硬是改不掉。

標準化的優勢

　　如今我明白，就是因為那個錯誤的小動作，讓我的發球不穩定。教練說，把球打好，其實很簡單，就是兩點，一是動作要簡單，越簡單越好，沒有任何附加動作；二是動作要固定和標準化，每一次出手都像機器一樣精準，球就一定不會差。比如發球，他做了一個示範說：「動作簡單到什麼程度？大臂和肩呈 90 度，小臂和大臂再呈一個近乎 90 度的夾角，拿起拍子，固定一個最合適的拍面角度，每一次擊球，保持肩部和手腕的固定不動，利用肘部讓小臂帶動拍子向前推送 10 公分。這是標準動作，也是一個最簡單的動作，簡單到就是這 10 公分的距離，練好了，每一個球都能貼網而過，落在你想要的落點，對方就是明知道你要發這個點，也撲不到，因為球的質量夠好。」

　　這番話，讓我思索了兩天，頗有感觸，發現原來生活之中，很多道理都是相通的。比如，簡單就是美。採訪企業這麼多年，很多企業家都告訴我說，最好的商業模式，就是一句話就能說明白的，你是用什麼方式來為哪類人群提供什麼樣的服務。在海外上市的企業喜歡講故事，把自己套上中國的某某某的帽子，比如「中國的亞馬遜」「中國的迪士尼」「中國的沃爾瑪」之類的。一個比方，就能讓美國的投資人弄明白這家企業是做什麼的，後面的事情就好辦了。電影界的人士也告訴我說，什麼樣的故事是好故事？一句話能夠概括的故事。比如馮小剛的《唐山大地震》，講的就是大地震裡一個媽媽選擇要救兒子還是救女兒的故事。之前和之後所有的故事，都圍繞著這一句話展開。簡單，卻能打動人心。

　　至於標準化才能打好球的道理，用於企業就是，只有標準化的產品和服務，才可以複製並產生規模效應，最終使企業的規模擴大。麥當勞、肯德基、沃爾瑪和星巴克，都是用這種方式席捲全球的。中餐館很難做成連鎖店的一個重要原因，是菜式的味道、火候全掌握在廚師手裡，換一個人就會做出截然不同的味道，很難大規模複製。中醫也是同樣的道理，同一個人被不同的醫生診斷，可能得出截然不同的結果來。這就是因為醫生的醫術，不僅不能標準化，還常常有只有意會的玄妙，這又如何複製？

　　想完這些道理，我拎了幾百個球去球場，老老實實接著練，因為我知道，只有無數次的機械重複，才有標準化的可能。

這世界沒這麼忙碌，在碎片如雪花的時間裡尋找樂趣
文化的價值和沒價值

文化的價值和沒價值

這世界沒這麼忙碌，在碎片如雪花的時間裡尋找樂趣
文化的價值和沒價值

▊小說的六小時生死線

　　《哈利波特》電影系列，不管拍得好不好，票房總是不愁的。這一系列本來針對青少年的電影，不經意間成為英國電影界的嘉年華會，無論殿堂級的大師、實力派、偶像派，只要能在這部全球觀眾翹首期待的電影裡獲得一個角色，便已經是殊榮了，從來沒有聽說有一般劇組常見的戲份多少之爭。

　　我基本算一個合格的《哈利波特》迷──基本的意思是指，小說我都買了，而且還買了英文版和中文版兩個版本來收藏，但是從《鳳凰會的密令》開始，我就沒有能夠把小說讀完。因為我覺得小說越寫越陰暗不說，還越寫越長，讓我們這些不以英文為母語的讀者讀起來，也著實是越來越吃力，完全沒有了讀前兩部那種輕鬆愉快的心情和閱讀快感了。不過我的一個在美國從事出版事業的朋友，倒是對《哈利波特》系列的後兩本推崇備至，用他的話說，小說寫到這裡，才算是具備了一本成熟暢銷小說的基本元素，徹底擺脫青少年讀物的影子了。

　　我問他是因為寫得夠陰暗，夠血腥了嗎？他說不是，他純粹是從技術角度出發，從小說的長度來說的。原來英文小說能夠流行全世界，實際上也遵守了一套非常商業的、嚴格的生產標準，而第一條，便是六小時定律。簡單地說，就是從紐約機場等待上機的一個小時開始算，一直到飛機降落在舊金山的機場，如果這位乘客在飛機上不睡覺，整好有六個小時的閱讀時間。一部合格的暢銷小說的責任，就是陪伴這位中產階級乘客在飛機上度過愉快的六個小時。

　　為什麼是美國，為什麼是從紐約到舊金山？和我這個朋友爭論這個問題是沒有意義的，因為他本身就是美國人，對於他來說，所有的英文小說都是以給美國人閱讀為終極目的的。他本身是美國出版界從業人士，因此對於他來說，最有價值的目標讀者，就是從美國東部飛往西部加州的商務客。而這一條路線，最有商業價值的，除了紐約到舊金山，不作第二條路線想。「飛往阿拉斯加的路線會更長，要不要給他們寫一些更長的小說？」「不用，他們裹上動物皮毛，可以睡上香甜的一夜。」「要不要給飛去邁阿密度假的人

寫一些更旖旎浪漫的小說？」「不用，」朋友大手一揮，「給他們一疊時尚雜誌吧。」

按照六小時生死線的標準來判斷，走俏全球的《達文西密碼》簡直就是生產線上下來的最標準的產品，長度不長不短，題材涉及兇殺、宗教、神祕學、美術、歷史，發生的地點又是美國人最心儀的城市巴黎。這樣的小說如果不能賣到人手一本，那全美國的出版商都可以砸招牌了。

我表示這樣的做法實在太商業了，他立刻表示反對說：「這不叫商業，這叫研究市場，研究客戶心理。出版本來就是一門生意，這樣做其實是對客戶負責。」「要說商業，」他說，「中國的文化產業難道不商業嗎？」我頓時想起現在中國電影裡那些欲蓋彌彰的廣告，想起我曾看過的一部電影，男女主角在妙語如珠的過程中，突然走到電腦前面，打開一個網站說了一段對白：「你還上這個網站啊？」「是啊，這個網站挺好的。」那意思，彷彿生怕大家不知道他們剛剛為一個網站做了一段廣告似的。

後來，我決定在我周圍的朋友中進行一次讀者調查，看看在中國有沒有符合這種「為讀者負責」的標準的出版物。我想，中國最有消費能力的是白領，白領出行的商務路線，應該是從北京到上海的航線。這條航線的距離不如紐約到舊金山那麼長，加上候機時間和中國機場所必定有的誤機時間，大概可以延長到 3 個小時到 8 個小時不等。

調查結果讓我相當的沮喪，因為朋友們回答說，二月河的小說太長，陳平原遲遲沒有新作，郭敬明的書看不懂，機場還在賣三分鐘學會打字的軟體書，所以想來想去，不如多帶兩份報紙上機，看完了就扔，還免去了攜帶的麻煩。

我看到了一個巨大的商機，正在蠢蠢欲動的時候，突然意識到我犯了一個錯誤。現在中國最熱、最中產、最白領的旅行路線，可能根本不是從北京到上海的飛機航線，而是從北京到西藏的青藏鐵路。需要花二十來個小時時間來閱讀的中文小說，長度應該有多長呢？我腦子裡出現的第一個詞是《紅樓夢》，而我一個出版商朋友的第一反應是《鬼吹燈》。

這世界沒這麼忙碌，在碎片如雪花的時間裡尋找樂趣
文化的價值和沒價值

▎那一場轟轟烈烈的穿越運動

有一段時間，我很想研究一下，究竟是哪一位天才這麼有創意，想到把某位現代人透過某種神祕的手段，整體搬到古代的環境中，於是以先知和近乎全能的身分，參與和改造歷史，同時順便來一段或者幾段纏綿悱惻的愛情抑或幾段豔情的故事。這一類的小說，如今已經擁有了一個獨立的門類，叫穿越時空。而我印象中看到的最早的此類愛情小說是席絹的《穿越時空的愛戀》，武俠小說則是黃易的《尋秦記》。這兩部開山之作，早已經改編成了電視連續劇，成為穿越迷們心目中永遠的經典了。

出乎我意料的是，這一場穿越運動，從此愈演愈烈，到現在簡直到了不可收拾的地步。席絹或者黃易寫小說的時候，總還要為穿越想一個理由，或者用神祕的法術，或者用現代的機器把人送到古代去。可是現在的穿越者們，已經修煉到了說穿就穿的地步。在大街上出了一場車禍或是爬山的時候掉下懸崖後穿越，都算是老套的了；還有跳著舞轉著圈就穿越了，在樹林裡蹓躂著迷了路就穿越了，在床上做著夢也能穿越。更離譜的是，坐在沙發上好端端地看著電視，下一秒鐘也穿越了。而且，以前的穿越，還是古代的某個人死了，現代的那個人也死了，因磁場相同，莫名其妙地讓現代的靈魂占據了古代的肉體。現在可好，活生生的一個人，穿著牛仔褲，背著雙肩包，口袋裡還帶著數位相機和手機，吹著口哨就穿越到古代做皇妃去了。

穿越了以後怎麼辦？根據我的總結——不好意思，不知道為什麼，我看到的男性穿越版比較少見，全是女性穿越的——穿越之後無非兩個結局：一是到了大戶人家做小姐，然後就嫁給某皇子，掀起了一場宮闈風暴；二是到了青樓做妓女，輕而易舉成了花魁，全城轟動，天子側目，於是掀起了一場傾國的風波。這裡面，免不了安排幾個場面，讓穿越者一展才藝：唱歌的最喜歡唱王菲的歌；跳舞的最喜歡跳芭蕾；作詩的就更好辦了，穿去唐朝就背宋詞，穿去宋朝就背元曲，穿去清朝就背《紅樓夢》裡的詩；更有甚者穿去了一個扭曲空間裡的不明朝代，那就從漢樂府到白話詩，想背什麼背什麼，一出口技驚四座。可見大家對古人的欣賞水平和審美取向，都十分的有信心。比如周杰倫的歌，從《髮如雪》到《菊花台》，比我才年長20多歲的我的

父母都已經完全沒辦法接受，一聽到就斥之為鬼哭狼嚎的音樂，幾百年前的古人們卻能產生共鳴，不能不說這是穿越產生的神奇現象。

　　我決定以後見到「穿越時空」四個字，就不再搭理的一個原因是，大部分女生喜歡穿越去清朝，去了一睜開眼睛，就是康熙四十六年──這是什麼年代？看過二月河小說的人都知道，康熙四十七年，廢了太子，九子奪嫡的好戲正式上演。這些女生，都是穿越去推動歷史進程去了。而作者們也很省事地在主角名單上排上了一行數字：主角4，配角2、4、8、9、10、13、14──請注意，這幾個數字不論哪一個，都曾經出現在主角榜上，也都曾經出現在配角榜上，指的就是康熙的那幾個大名鼎鼎的曾經為了皇位大鬥心眼的兒子們。而他們的女人，不論是歷史上有的，還是歷史上沒有的，無一例外都是從現代穿越過去的。據有心人總結，如果她們都碰上了頭，清華北大的校友會，就有了清朝分會了。

這世界沒這麼忙碌，在碎片如雪花的時間裡尋找樂趣
文化的價值和沒價值

▎愛書還是愛書店

　　本人因為最近新書上市，一改最近幾年來養成的壞習慣——有想看的書就先在網上找免費的看，去了幾趟書店。當然動機依然不純，無非是希望自己的書鋪滿了大街小巷的大小書店，賣到臭大街才能滿足一點虛榮心。我這樣的勢利投機者在我的朋友看來，簡直就是對書店文化的一種褻瀆。

　　這個朋友雖然是研究 CPU 晶片設計的，但是他對書店的描述可是非一般的小資：「在一家狹窄門面的陳舊書架環繞之中，突然遇到一個不修邊幅臉色難看的店員或者乾脆就是老闆，接下來再戰戰兢兢地發現原來是志趣相投的同好中人，於是大家就一面翻得滿屋塵土飛揚，一面口沫橫飛地臧否人物點評書事。那一種顧盼自雄之中大有青梅煮酒的感覺，比起網站精英遇到風險投資管理人的心情更加激動。」

　　朋友啟發性地問我，有無對書店的什麼美好浪漫回憶。我想了半天，告訴他當年海淀圖書城一個大書店開張，學校裡人人興奮，因為終於有一個夏天開冷氣又可以看免費書的地方了。至於電影《電子情書》（You've got a mail）中那樣的書店情緣，對不起，實在是連個擦邊球也沒打到過。

　　朋友在同情之餘，說除了情緣，電影裡講的美國書店的情況還是蠻寫實的。紐約的史傳德書店，擁有 250 萬的藏書量和近 200 名員工，裝修簡單、不舒適，也不親切，但是書店裡的書數量大、書價折扣大，所以有很多忠實讀者，包括很多愛書人。買書，小資的時候是為了氣氛，但是更多時候只是為了書，特別是便宜的書，在這個方面，人性是共通的。還有一家巴諾書店，經常營業到夜間 11 點，假日還到凌晨，成為很多夜晚無處可去的人安頓自己的首選，也是外地遊客的一個必到之處。不過我想這樣的遊客一年也不會有幾個吧。

　　我問朋友，電影裡有特色的獨立書店被大書店擠垮的情況是不是也很嚴重呢？他說雖然好萊塢式的浪漫輕喜劇有些誇張，但是那些小書店真的像電影裡展現的那樣，非常可愛。這些書店並非一定就是反對什麼觀念或什麼價值的，只是和超級商場型書店相對，題材選擇非主流而已，例如專門的兒童

書店、宗教書店、故舊書店和文藝書店等。現代再去討論書和書店是否具有靈魂未免顯得有點不合時宜，但是很多將自己的生命與書店相融的人，的確為這些書店添加了一份難以付諸筆墨的魅力。

　　當然，最後這位朋友說了一番自以為得體的話：「實際上，書店畢竟是書店，即使是超級市場化也不會影響讀書人在內心空虛的時候去找一本書。一個人即使是願意看一本食譜，也比什麼都不看要好。」

　　其實這話可是侮辱食譜了，不看書我還能寫出字來，不看食譜我可是做不出菜來呢。

這世界沒這麼忙碌，在碎片如雪花的時間裡尋找樂趣
文化的價值和沒價值

▎你看到的和我看到的

　　很久沒有看過不是自己的書了，以前在學校什麼都不講究，一個宿舍的衣服可以換著穿，大家的杯子可以換著喝，上課的筆記更是全班共享。那圖書館的書，雖然有新有舊，幾十年下來不知道被多少人手心裡的汗浸濕過，但終究是要大家一起看，我看完了不知道被誰下一個借去看。

　　後來工作了，自然只能看自己的書。書越看越少不用說，還添了些新毛病，被大家傳閱得太多的書，就覺得不是很衛生。可是自己的書呢？無非是自己從書店裡抱回來，匆匆翻一遍，便扔到書架上去充門面，再沒有出頭之日。

　　在國外住了一段日子，終於耐不住講結結巴巴的英文的寂寞，將公共圖書館裡的中文書幾乎翻了個遍。公共的書有一個好處，就是多少會有一些不知道是誰刻意或者無意留下的痕跡。有時候是水漬，有時候是劃痕，難看一些的可能是菜湯，噁心一點的也許是鼻屎。當然最多的是評語。

　　我覺得似乎在我讀中學的時候，曾經很流行在書的旁邊寫上批註語，也不管是否高明，也不管是不是自己的書，有一點想法就要把刻意扮得成熟老到的字體寫到字縫裡去，似乎這樣自己就成了一個深刻的讀書人，看出他人所沒看到的含義。

　　批註寫到一定程度，就不用自己手寫，而會專門有人印刷出來，和原書作者的文字印在一起，相映成趣地賣。脂硯齋評紅樓夢是這樣，金聖嘆評水滸也是這樣，不過後來我對這種書深惡痛絕。時常看到妙處自己正暗自得意之時，突然有人憑空跳出來，在我眼前大嚷了一聲「好」；或者正看到緊要關頭，便有人在面前長吁短嘆，故作高明地指指點點說：「要注意這裡啊，這裡有伏筆呢。」於是樂趣全無。當然，脂硯齋跟曹雪芹很熟，甚至有人說就是曹雪芹本人。金聖嘆也是個大才子，他們看出來的東西，自然比我高明的多。但有時候讀書就像是北京的一句老話：「老婆是別人的好，兒子是自己的好。」我看不出來那是我的事，但是你看出來的卻不能逼我跟你一起看出來，強姦我的理解力。

我現在沒有這麼憤怒了，所以我重新回到圖書館借書的時候，對書上的手寫批註有了充分的心理準備。去國外留學或移民的人大概頗為有空，我就曾經見過一個人不厭其煩地將一本厚厚小說上出現的「落陽市」一個一個地改成「洛陽市」，其實落陽不過是作家自己創造的一個地名而已。當然憤怒的人還是有的。有人在書上跟作者較勁，作者說某某做法不對，他便在旁邊寫上：「你做給我看看？」作者說什麼樣的人如果能做自己的情人就好了，他便寫：「再多幾個你也不夠的！」直讓人懷疑他是否跟作者有私仇。

突然就懷念起大學的時光。那時候中文系才有一些諸如《金瓶梅》之類的禁毀小說的全本，可惜但凡有關風月的描寫，一律被人撕下，據推測應該是男生，撕下拿回去私藏。當時看到不覺大怒，嚴重影響閱讀情緒，現在回想起來，卻是有趣的人生經驗。

這世界沒這麼忙碌，在碎片如雪花的時間裡尋找樂趣
文化的價值和沒價值

▎小資寶典

　　現在誰要再說我是小資，我一定拉下臉來惡狠狠回一句：「你罵我哪！」但是遙想我畢業後還繼續賴在學校不肯走的清貧時光裡，小資是一個遙不可及的夢想，是值得一生追求的目標。而帶著這個目標出現在我眼前的，是一個穿佐丹奴T恤、用諾基亞手機、抹一種我當時不知道叫做鬍後水的東西、吃羅傑斯烤肉、讀村上春樹的小說、看王家衛電影、做IT記者的一個老同學。雖然失去音信多年，但我依然記得是他將「性感」這兩個字，帶入了我的書蟲生涯，因為是他告訴我，村上春樹的文字，王家衛的電影的好處在於性感。

　　究竟性不性感，我是不關心的了，但是一提到這兩個人的作品，所有人都躲不開的一個問題是，你看懂了嗎？你真的看懂了這些人想幹什麼、在幹什麼、最後終於幹了什麼嗎？我很想說我看懂了，但是有一次一個朋友問我：「《尋羊冒險記》說的什麼呀？」我回答說：「好像，是說要去找一隻羊，那隻羊又好像是不存在的。找來找去，我也不知道找到了沒有。」說完這句話，我就徹底明白原來我什麼都沒看懂，但是為了滿足我做一個小資的願望，但凡有村上的書，但凡有王家衛的電影上市，我都乖乖地去看。

　　不過，看了《2046》後我終於長長地鬆了一口氣，雖然很多人依舊說看不懂，而我，在刨去了那些故弄玄虛的機器人，假裝沒看到劇中人一遍一遍從銀幕的左邊走到右邊，又從右邊走到左邊，重複地說要在樹上挖一個洞之後，第一次剝繭抽絲地看到了事物的實質。這個故事說的是一個陰沉、性感又絕望的中年男人，他曾經愛上過兩個女人，但是那兩個女人似乎不愛他，而有一個漂亮的女人瘋狂地愛他，可是他又不愛她。

　　看明白了這個主旋律，我終於有閒心坐下來分析他為什麼愛那兩個女人，不愛這個愛他的女人了。王大師的電影裡，人物都是性格飄忽，說話總是半遮半掩，從來不願意給句痛快的。但是從僅有的事實來看，他愛的這兩個女人，一個幫他出千，在賭場裡贏了好多錢，每次只收幾十塊錢；另一個更是分文不取，給他做助手，幫他寫稿，毫無怨言。而他不愛的那個女人，什麼都不會，一無所長，所以儘管占據了最重的戲份，卻在結尾被男人以一種無比殘忍的方式拒絕了。

所以，女人還是要有一門手藝，如果什麼都不懂，就會被男人看不起。聽說《2046》是對王家衛以往所有電影中的謎團的一個揭曉，所以花了五年的時間，拍到這些大牌明星都快翻臉。原來在所有玄虛謎團的背後，只是藏著這樣一個粗俗而簡單的謎底。於是我心滿意足地走出了電影院，覺得這 50 塊錢是我這輩子花的最值的錢。

▌末座慘綠少年何人？

　　第一次看到「慘綠少年」這個詞，是某著名女作家前輩在文章中很謙虛地說自己「身為慘綠少年，貌不出眾，渾渾噩噩……」當時很景仰前輩這種敢於自嘲的生活態度，更是對「慘綠」兩字的妙用，驚為天人。一時間，腦海裡便出現了一個面帶一絲菜色，襯著煙霧中的迷離眼神，豔紅的雙唇掛著一縷不羈的微笑的張愛玲式的女作家形象，大為傾倒。

　　後來我也經常沒事就說自己是個慘綠少年，或者說到自己做了些什麼糗事，便假裝害羞地說：「人家當時還是個慘綠少年嘛。」於是聽者也都心領神會地說：「青春期時候是這樣衝動的啦，可以理解，可以原諒一切錯誤。」

　　就這樣欣欣然過了幾年，我正在考慮是不是在適當的時候改稱自己為「慘綠中年」什麼的，順便將慘綠進行到底，結果石破天驚，在看了一本不該看的書之後，才明白原來我慘綠了這麼多年，都是被那個女作家前輩誤了啊。

　　慘綠少年並不是這個女作家創造的詞，也不是一個俗語，而是一個典故，源自唐人筆記《幽閒鼓吹》。話說唐代宰相劉晏的女兒，嫁給了禮部侍郎潘炎，生了兒子戶部侍郎潘孟陽。母親不太看得起兒子，說他才幹不夠，爬上這個高位，總有一天要惹事。兒子不服氣，說同僚們都跟自己差不多，誰也不比誰強。母親不信，叫兒子請了同僚們回家吃飯，躲在屏風後面偷偷看這些年輕人。看完了，放下心來，說果然都不是好貨色，獨獨又問：「末座慘綠少年何人？」原來是補闕杜黃裳。潘夫人感嘆：「此人器宇不凡，將來必然成為一代名相。」

　　這個慘綠少年杜黃裳果然爭氣，後來榮登宰輔，一反過去朝廷對藩鎮的軟弱姑息，力主「以法度整頓諸侯」，在不長時間內即討平西川、夏綏諸處叛亂，令唐之威令，幾於復振。這就是著名的元和中興，連唐憲宗都說全是杜相的功勞。不過杜相雖然政治態度強硬，生活上卻雅澹寬仁，修養極好。

　　所以慘綠少年其實是對一個人的最高評價，雖然穿的是最低品級的官服，淺綠顏色的衣服洗到發白，也掩飾不住那崢嶸的氣象，以及雍容的態度。絕非我所想像的那般滿臉青春痘，一腦子性幻想的頹廢形象。這一發現讓我大

驚失色，趕忙回頭去翻舊稿，因為我自從愛上了這個詞，用的次數可絕非少數。

　　找了一通，我面紅耳赤之餘，稍稍有點安慰的是，我好歹誤打誤撞用對了一次。在某次提到柯林頓夫婦當年在耶魯大學合影的照片時，我說了句：「這一對慘綠少年……」當時還以為自己是打趣人家呢。

這世界沒這麼忙碌，在碎片如雪花的時間裡尋找樂趣
文化的價值和沒價值

▎紅樓與猜謎

　　前些年選秀節目在中國紅到不像話，連續劇和訪談節目見了選秀通通都要讓路，各個電視台在新聞節目最後，不，不是最後，應該是在最引人注目的時候，總不忘提醒大家說，本台的選秀節目目前已經進行到什麼階段了，記得要收看哦，就差沒說出記得要發簡訊來的話了。不過，之前湖南台有「超級女聲」，上海台有「加油，好男兒」，中央台再不濟也有個「夢想中國」。北京台一直沒什麼動靜，我還一直說北京台挺有出息，不蹚這趟渾水，沒想到它是不鳴則已，一鳴驚人，整了一個「紅樓夢中人」的選秀節目，還沒開始海選，就已經成了全民的話題，被炒得沸沸揚揚，一下子把其他選秀節目的風頭都蓋了過去。

　　我是一個很無聊的人，因為在論壇上看到網友貼的照片，說有那麼幾個報名參選林黛玉、賈寶玉的人在大觀園拍了照片，已經上傳到官方網站了。看過大笑之餘，竟然就打點精神，起了個大早，跑去南城進了大觀園，一心想去會一會這些紅樓夢中人。頭戴假髮、身穿戲服的粉絲當然也不少，在瀟湘館的後院裡裝出撫琴的樣子照張照片寄給組委會，就算容貌不怎麼起眼，這份誠意至少能賺得一些印象分，的確是個不錯的選擇。不過大觀園中遊覽的老老少少，對著地圖找「三姑娘的院子」，以及演員們「留得殘荷聽雨聲」的地方，著實讓人驚嘆。真的再難找出一部文學作品，有如此強大的群眾基礎，有如此深入人心的力量了。

　　這份力量到底來自何方？以前我會覺得是文學的魅力、文字的魅力、人物的魅力，而現在，尤其是看過「百家講壇」，看過劉心武式的新索隱學說之後，就改變了想法，認為是猜謎的力量。我敢斷定，很大一部分人看《紅樓夢》，更大的樂趣在於尋找字句中的蛛絲馬跡，但凡有一兩個似乎前人沒有想過的證據，便歡天喜地宣稱，自己發現了《紅樓夢》真的結局。《紅樓夢》有結局嗎？我覺得肯定沒有，要是有，又何必在前面埋藏那麼多的預兆，揭示人物命運的細節詩詞呢？就好比報紙上的填字遊戲和腦筋急轉彎，如果謎底緊跟在謎面之後刊登出來，必定沒有那麼多人認真地找答案。必得藏於中縫，或者於下期揭曉，才能吸引讀者。曹雪芹可能不是有意為之，又或者

有其不得已而為之的難處,不過結果都是一樣的,因為猜謎的樂趣,使得一代又一代的讀者投入到猜謎的大軍中去,甘之若飴。

就好像李商隱寫了一首詩:「錦瑟無端五十弦,一弦一柱思華年。莊生曉夢迷蝴蝶,望帝春心託杜鵑。滄海月明珠有淚,藍田日暖玉生煙。此情可待成追憶,只是當時已惘然。」究竟說的是什麼?文學家們研究了上千年,也說不出個所以然來,從蘇東坡開始到錢鍾書,這些我崇拜的偶像也都猜得不亦樂乎。錢鍾書說這是作者誇自己的詩是暖玉成煙,不像一般的詩那樣又冷又硬,結果還被人指責錯得太離譜。不過,這有什麼關係呢?這是一場集體性猜謎遊戲,人人有份、大家參與,大文豪可以猜,小人物一樣能猜。猜來猜去,就有人把這首詩捧作中國詩歌史上的佼佼之作了。

《紅樓夢》紅夠千年,中間帶紅了多少猜謎人,順便紅了一檔選秀節目,也算意料之外,情理之中啊。

紅樓夢魘

有一陣子認識我的朋友有點怕我，他們說我有一些提前進入更年期的症狀：每天半夜看著電視，時而破口大罵，時而哭笑不得，狀若瘋癲。「不就是一中年男人講《紅樓夢》你不愛聽嗎，就你這狀態，曹雪芹寫《紅樓夢》的時候都沒這麼誇張。」

我必須承認我很誇張，其實我又不能自稱紅學專家，只不過仗著讀了那麼十幾二十遍，也遠遠比不上張愛玲說的，看到眼生的地方就會自動跳出來的程度。所以如果有人問我最喜歡《紅樓夢》的哪一個版本，以前我會傻呼呼地回答：「有區別嗎？」而現在我會很跩地回答：「研究這個問題就是進入了死胡同，《紅樓夢》的價值完全不在這裡。實質是一樣的，就是讀書不細。」

但是這也不妨礙我另闢蹊徑，不細有不細的讀法，我還因此出了生平第一本書，也算是賺到了。但是終究心裡有些沒底，所有看到人家掰開了，揉碎了，讀出許多字裡行間都沒有的東西的時候，心裡還是蠻佩服的。記得當年有一對姐弟，從《紅樓夢》裡讀出一場驚天的宮廷政治大陰謀，連雍正他老人家是怎麼死的這個歷史學家都沒有搞清楚的懸案，也從《紅樓夢》裡得到了解決。我可別提多興奮了，姐弟倆上我們學校辦講座的時候，偷懶如我，也興致勃勃地在水洩不通的講堂裡站著記了一晚上的筆記。

前人早就說過，《紅樓夢》就是一本讓人見仁見智的書，是看出情愛還是看出鬥爭，全看讀者的內心。所以一個人自然有一個人的讀法。我這次馬失前蹄，陷入這種痛心疾首的狀態，就只有一個理由可以解釋：不是更年期症狀，就是嫉妒入骨。別人講紅樓，我也講紅樓，我就不如人家紅遍大江南北，儼然一代紅學大師的架勢，在書的封面已經公然印上「當代紅學第一人」的字樣了。

要治療這種症狀，我需要來幾帖療妒貼。聽到人說楓露茶就是逢怒茶就貼一貼；聽到人說元春原來是廢太子府的高級女傭，後來因為工作調動關係，轉到弘曆府上去做工再貼一貼；聽到人說第十四回很重要，因為馮若蘭在後

來很重要，所以和他一起出現名字的陳也俊也很重要，所以他就是妙玉的情人的時候就再貼一貼。一貼不好就繼續貼，總有他講完了我也不再妒忌的時候，這病也就好了。

這個主意打定，我還當真像喝了靜心口服液一樣地心平氣和了幾天。果然沒過幾天，這個節目和大家說了再見，主講人也態度謙和地表示歡迎大家的批評指正。人都講完了我還嫉妒什麼？第二天我在農貿市場買了一本盜版書，心想，就這2塊錢的版稅也不讓他賺，為我的這次療妒療程，畫上了一個完美的句號。

其實沒那麼簡單，因為事情總是一件接著一件，就好像大長今的人生，總是一個波折接著一個波折。我剛一轉台，就看到另一部人稱「民國紅樓夢」的《京華煙雲》開播。螢幕上姚老爺怒眼圓睜，隨著一聲巨響，大宅院裡濃煙滾滾，據說是編劇為了增加戲劇衝突，讓這個姚老爺晚死了幾年，終於趕上了日本和中國開戰。而姚老爺很有學問，家裡藏了幾塊甲骨文。甲骨文是寶貝啊，日本人是壞人，壞人總是要來搶好人家的寶貝的，好人家沒有反抗的能力，怎麼辦呢？於是又想出這「玉石俱焚」的一招，轟隆一聲炸了，我沒有，你也沒有了。

我不想評論前面的劇情，因為編劇說了，一個女人如果不離婚、不自殺，這戲就沒人看了。讓我又大慟了一回的原因是，這個姚老爺的演員站出來說，改編得好，魂沒丟。

姚老爺好好一個壽終正寢的道家之人，臨死前說了一番類似這樣的話：「人的運氣和個性息息相關。人若有福氣，一缸清水變白銀，若沒福氣，一缸白銀變清水。人必須享有福的個性。日本人沒有統治中國的個性，所以也沒有統治中國的福氣。即使把中國送給日本，他們也沒有福氣消受。」

可是似乎更多人只相信，唯有一聲炮響，把人折騰死了，才留英魂。不把《紅樓夢》的雞蛋殼敲碎了，找出陰謀論來，不敢說自己探到了靈魂。

文化的價值和沒價值

▌有才藝的和沒才藝的

我們小時候，孩子們分為兩種，聽話的和不聽話的；現在的孩子們也有兩種，有才藝的和沒才藝的。

我不知道中國人對才藝這個詞的特殊的井噴式愛好，和現在鋪天蓋地的選秀活動有沒有關係。那些名目繁多、目的各不相同的選秀活動上，主持人總免不了問一個問題：「會什麼才藝？」我總結了一下，會唱歌的最多，會樂器的次之，會跳舞的也有相當一部分，偶爾另類的會耍一套拳腳。其他的才藝比如我一直希望看到能即席作七律一首的，基本沒有見過。於是，我得出結論，才藝這個詞，無論辭典上的概念是什麼，在我們的生活中，已經被精簡成為音樂才能的另外一種表述方法了。

這個問題的發現讓我有些懊惱，因為我感覺自己生得早了一些，沒有趕上這個所有的父母都以讓孩子擁有一項才藝作為自己是否模範的必要標準，並不惜為此一擲千金的好時光。我童年的時候，在和夥伴們在街道上躝躂、在人家的菜園中偷瓜之餘，接受到的功課之外的教育總計有背誦絕句三百首、練習書法，以及圍棋和象棋二者擇其一。後來在父親的提示下，我又回憶起我其實還練過三天的小提琴，之後左手的手指長了很多水泡，哭了一場，就再也沒有摸過琴，所以這一段歷史被我輕易地遺忘了。我後來和朋友們一一對口供，發現我學的東西已經算多的了，只是沒有下工夫，所以一事無成。而這其中的緣故，我歸結為是所有的才藝都由我父親一人親自教導，沒有花錢上輔導班，所以要讓錢產生效果的情感沒有那般迫切，也就比較容易姑息我的懶惰。

現在，時代是不同了，不會一件樂器成為一件很丟人的事情。年輕的父母們說：「不能讓孩子輸在起跑線上，不能讓孩子長大以後怨恨我們，說我們沒有提供最好的教育。」所以，一到週末，我那些有了孩子的朋友們比上班還忙，帶著孩子去學才藝。其中，以學鋼琴的最多，最小的一個才兩歲。我很奇怪這麼小的孩子怎麼學習這門在我看起來相當高深的藝術。那個朋友回答說：「我沒打算讓她現在就學會，可是我在培養她和鋼琴之間的感情。

讓她長大以後，所有的回憶都與鋼琴的黑白鍵有關。在家裡，換尿布我都特意抱到鋼琴上換。」

我的另一個老朋友，在兒子年滿 5 歲的當口，突然發現了一個祕密，原來他的兒子是個天才。無論什麼曲子，聽老師彈一遍，第二天就能原樣彈出來，而且「其情感的領悟讓老師自愧不如」。所以，從 4 歲到現在一年的時間，已經換了好幾個老師了，不是因為小孩調皮搗蛋，而是因為才華太過橫溢，使得老師們愧不敢當。現在，音樂學院的老師已經主動提出要收他為學生了。「不過，我已經拒絕了。」朋友說。

我們都很奇怪，說這是暴殄天物，扼殺天才，怎麼對得起小孩，怎麼對得起那麼多沒生出天才的父母？朋友說：「看過《約翰 · 克利斯朵夫》嗎？天才三分之一是生出來的，另外三分之二是打出來的。」他找了一個音樂學院高材生的老爸諮詢，老爸很得意地跟他說，他的小孩是五百個耳光打出來的。這個教育方法從哪裡學來的？從一個現在已經成名的鋼琴天才的老爸那裡，據說該鋼琴天才是一千個耳光打出來的。高材生的老爸心太軟，耳光減了一半，所以成就也就相應減半。

我聽了，突然想到看到過一篇文章，說中國實行計劃生育以來，生育了許多獨生子女，難以避免因為過度溺愛而使得這些孩子越來越任性，越來越無法無天。於是為了教育這些孩子，父母把孩子送到實施強硬管理手段的夏令營，進行魔鬼訓練。這家學校的教育方法很簡單，就是當眾鞭打和不給飯吃，保證三天還你一個聽話的乖寶寶。初看有些毛骨悚然，再看我就有些懷疑文章的作者至少有 5 年沒有來過中國了，所以他沒有聽到每一扇窗戶後面與風聲琴聲同在的耳光聲。

▍抓貪官的小遊戲

我喜歡看重播的電視連續劇，這是有原因的。其一，已然經過一番優勝劣汰，能夠得到重播權的電視劇，起碼質量稍微有所保證，可以節約時間成本。其二，因為我晚上睡得晚，或者說經常失眠，半夜重播的電視劇是夜半三更時候最好的消遣。其三，電視台在半夜的時候通常會良心發現，廣告量大大減少。當然，偶爾出現的廣告幾乎全是醫療廣告。我雖然再三說喜歡看廣告，但還沒有發展到看醫療廣告的程度。除此之外，有善良的電視台甚至掐頭去尾，把片頭和片尾都裁掉了，直接播到天亮。

這樣看電視有一個壞處，就是開始的時候是為了半夜打發時間，後來看上癮了，反而是為了看電視而眼皮底下撐火柴。2005 年夏天看《大宋提刑官》，就是一個典型案例。

其實，我不是特別喜歡這部戲，還曾經專門寫文章來表達，作為一個看過 300 多集柯南的好同學，這部戲的破案過程實在沒有太大懸念。而且我受 TVB《洗冤錄》的影響比較深，不樂意那個胖嘟嘟、會搞怪的宋慈到了大宋提刑官裡頭一臉晦氣，而且很痛恨這部戲不讓宋慈專心解剖屍體，學人講政治，好不氣悶。當然，後來有高人提點說，這部戲的重點就在於抓貪官、反腐敗，這才明白高收視率也是來有影去無蹤的。

我還追過一部重播劇《鐵齒銅牙紀曉嵐》第三部。看過前兩部，更加深了歷史劇就是要抓貪官的信念，雖然這齣戲的惡人最後總能全身而退，但是這種貓捉老鼠的遊戲，老百姓也能理解是為了讓戲繼續演下去，再說和珅吃了癟，咱心裡也就痛快了。

所以這次看到第三部半夜開播，二話不說就開始追，一面追還一面大讚第一編劇鄒靜之功力果然了得，草繩灰線，千里伏筆，主線副線糾纏卻絲毫不亂，當場就寫了一個大大的服字。可惜我猜到了開頭沒有猜到那樣一個虎頭蛇尾的結局，就像一隻靴子乾脆俐落地砸了過來，正屏住呼吸等第二隻的時候，發現那只是一隻爛草鞋，無論如何砸，都是不會響的。

戲裡頭終於眾望所歸地讓紀曉嵐盯死了和珅一次，結果乾隆明著包庇，大談自己與和珅的感情何等親厚，明知他貪汙，卻縱容他貪，求紀曉嵐放過他，花錢買命之後更給了一個內務府的大肥缺讓他繼續貪。這故事都編到這裡了，還怎麼繼續？和珅從此再無須想脫身之策，他與紀曉嵐的對手戲，也就沒有了看頭。乾隆皇帝包庇和珅是肯定的，但是在一齣抓貪官的戲裡頭，告訴大家最高統治者的反腐倡廉的決心也是看人下菜的，讓老百姓在戲裡頭都沒有了指望，這口氣，如何下得去？

類似這樣的遊戲，還有一部巨著《西遊記》裡也有。無論大小妖精，揪住一個都能扯出背後來頭不小的後台來，而孫悟空通天徹地的本領，也僅限於抓妖精，而不在於殺妖精，這一點，真希望只是編劇們的無奈。

這世界沒這麼忙碌，在碎片如雪花的時間裡尋找樂趣
文化的價值和沒價值

▋揮不走的魔幻

　　幾年前的某個週末，上海某個女青年制定了她的近期觀影計劃：《不可能的任務3》是一定要看的，至少為了看阿湯哥像人猿泰山一樣盪過浦東的高樓大廈；《超人再起》雖然口碑一般，但是為了懷念小學時候學校包場第一次看到超人時候的那種震撼，也得花那幾十塊錢；《加菲貓2》，能不看嗎？要是不看，在上海灘大概就不用混了；《魔比斯環》，嗯，這兩年魔幻題材流行，雖然都免不了的來一場人獸大戰，大致也都算得上製作精美、場面宏大，也列入應看範圍……她的完美計劃還沒有來得及執行，晚上回家打開電視機，突然看到了一則在電視台反覆播出的廣告：「國產動畫大片《魔比斯環》暑期隆重上映！」頓時就呆了。

　　接下來的幾天，她翻來覆去地念叨一句話：「這部戲怎麼會是中國產的呢？」她的困惑其實是很具有代表性的。因為仔細查一查這部動畫大片的班底，從原著到導演到動畫特效監製，清一色的洋名字，除了出錢的人來自深圳。如果你再不相信，掏錢去電影院看了這部中國國產動畫大片，那麼你會發現男主角與女主角從長相到性格也都毫不中國。有專家指點說：「你仔細看，那個巨大的城門，城門上那些小兵的衣服，難道不是很明顯的中國味道嗎？拉菲卡星球王子登基時，動畫師都巧妙加入了中國龍作為背景呢。」我所認識的那個平素舉止還算斯文的上海女青年，在看到這段新聞的時候，勉強保持了她一貫的冷靜姿態：「湯姆‧克魯斯還在浦東的天上盪了一回鞦韆，在中藥鋪裡把自己電擊了一次呢，《不可能的任務》是不是也就成了中國國產警匪片了呢？」

　　關於《魔比斯環》不好的評價，只能在家裡關起門來說，千萬不要上網說。因為肯定會有人站出來說，中國動漫需要國家支持，需要中國百姓的理解，這就更加需要我們大家的理解與包容。還會有人以局內人的身分出來說，指揮作戰的雖然是洋人，但是實際上沒日沒夜吃泡麵奮戰在第一線的，全是我們自己人，這些人沒有功勞也有苦勞啊。一旦在網上陷入這種口水戰，一定要早早認輸，因為給自己占據一個正確的政治立場並且在網戰中處於永不落敗的上風，是在中國互聯網上生存的一條不傳之祕，一般人學不到。

揮不走的魔幻

更何況，投資人的姿態也放得頗低，在接受記者採訪的時候說：「我們從零開始，所以只能先模仿，用外國人的故事外國人的創意，更重要的是以後的發展。」以後的發展？其實我不太相信這種說法，說到底，為什麼要蹚魔幻的渾水呢？就因為《魔戒》大賣？就因為《哈利波特》老少通吃？就因為《星際大戰》讓美國人一等等了幾十年痴心不悔？如果不是在海外的公共圖書館流連的時候，看到過那一排排的魔幻小說，如果不是搭哈利波特的快車我也惡補過一陣中世紀文學名著，我也許也會眼紅為什麼羅琳女士一拍腦袋能想出這麼離奇的世界，然後就成了全球排得上的富豪。實際上魔幻的風行，根本就不是時髦而是傳統。中國人什麼時候魔幻過？孔子一早就教導大家要不語怪力亂神，《聊齋》中的鬼怪神獸，都以和人類談情說愛為人生的目標。搞大規模的人獸械鬥？還是免了，從黃帝炎帝之後，中國就只有人與人的械鬥了。

在《辭海》中，目前為止還查不到「魔幻」這個詞，只有「魔幻現實主義」，註釋中寫道，這是 1960 年代流行於拉丁美洲的一個重要文學流派。作品借用古老神話和民間傳說，把拉美現實政治社會描寫為一種現代神話，既有離奇幻想的意境，又不乏現實主義的情節和場景……如果我是投資人，有過億的資金，有著實在難以克制的魔幻情結，就拿這筆錢去拍《封神榜》，那是中國最具備魔幻氣質的作品，打上「原創」字樣的時候，還可以在心中默默地向古人致敬。

這世界沒這麼忙碌，在碎片如雪花的時間裡尋找樂趣
文化的價值和沒價值

▎新造墓運動

　　杭州的朋友這幾年自豪感愈發地高漲，沒事就請人去杭州小住，據他們說，因為以前的杭州又小又破，卻頂著一個「天堂」的名稱，弄得自己不上不下，不好意思叫了人來看那些破舊、陰暗、潮濕的街道。現在好了，杭州政府大力整治過以後，全城面貌煥然一新，尤其是西湖，不僅舊貌換新顏，更與國際接軌，不收公園門票了。於是，偌大的煙雨西湖，想坐多久坐多久，愛怎麼遊就怎麼遊，加上西湖新天地裡裝修風雅的私房菜館、咖啡館、酒吧，西湖對面的世界名品一條街，就著西湖的瀲灩水氣看亞曼尼店門口遊人如織，絕對可以感受到「世界是平的」。

　　一番話說得我心癢癢，難免就要去湊一湊熱鬧。去了之後，果然不錯，在西湖沒日沒夜地轉了個夠本，突然發現了一個問題：在西湖重修整治之前，沒有這麼多墓地啊？如今不知道怎的，就忽如一夜春風來，千墳萬墓如花開了呢？

　　說到這個話題，杭州人的自豪感就到了頂點了，原來杭州文化名人多，死在杭州的文化名人更多，前陣子歷史學會的一群學者坐下來還開了個會，討論出一個「西湖墓文化論壇」活動方案，還要出一本《情歸西湖——西湖名人墓文化》，以便將在西湖周圍安葬的有較大影響的歷代名人一一梳理。這些歸土名人列出名單來，藝術大師黃賓虹、蓋叫天、「鑑湖女俠」秋瑾、投身辛亥革命的詩僧蘇曼殊、浙江大學前身——求是書院的創始人林啟，反對袁世凱的志士、南社詩人林寒碧等一共有 136 人。

　　這些都是有史可查死在杭州的名人——當然，他們應該不會都死在西湖邊，葬在西湖邊，不過中國人一貫優待名人，死去的名人喪葬問題更是要當作文化大事來抓，所以二話不說都挪到西湖邊來，把他們變成風景的一部分。不知道 136 座墓排列在西湖的周圍，會出現一番什麼樣的盛況，至少在我從香格里拉飯店走到西泠橋頭的短短工夫，已經三步一墳、五步一墓了。而且，這幾座墓讓我產生了極大的困惑，因為一座是武松墓、一座是蘇小小墓，據媒體介紹說，這兩座墓還都是「按原樣恢復」的。在之後遊西湖的過程中，我就一直在考慮一個問題：這倆人，到底有沒有真人真墓呢？

後來我發現,我受小說影響太深,其實行者武松確有其人。武松死於杭州的事,古《埋憂集》曾有記載:「國初時,江滸人握地得石碣,題曰武松之墓。當日征青溪,用兵於此,稗稱所傳,當不誣也。」至於有沒有像小說中寫的那樣活到 80 歲,就不得而知了。後來黃金榮為英雄在西湖邊造了一座墓,1950、1960 年代被毀,現在所說的按原樣恢復,可能是按著黃金榮造的原樣恢復的。

至於蘇小小,歷史上有兩個,一個是晉朝的妓女,葬在嘉興;一個更加著名的是南齊的妓女,葬在「西泠松柏下」。雖然到現在還有人在爭執這個蘇小小究竟是一個人被說成了兩個人,還是原本就是兩個人,但是在我看來意義也不是很大。同名同姓同行業又同鄉的兩個女子,即便被後人混為一談,也算是佳話一段了。在西湖邊大張旗鼓地為蘇小小造墳,據說是因為康熙南巡的時候看著西湖美景,想起了一代名妓,隨口問了一句,地方官員連夜在西泠橋邊造了一座,以備皇帝御覽。所以這座墓的規格明顯比武松墓更高,不僅是拋光的水泥饅頭型墓冢,更在墓上蓋了一個六角攢尖亭,亭內有楹聯十二副,為杭州名人墓之冠。不過這座墓裡沒有幽蘭香,沒有如啼眼,倒有硬幣無數。蓋因那座六角攢尖亭名「慕才亭」,說的是蘇小小不愛金錢愛才子,現代人又將其看作「慕財亭」,於是訛傳說扔硬幣並能黏在水泥拋光的墓壁上者,能得財神眷顧。

所以,我所見到的,美人墓前人頭湧湧,個個手執一把硬幣,拋個不亦樂乎。那個水泥饅頭的頂部,已有數條裂縫。好在,美人蘇小小早已經屍骨無存,名人墓裡無名人,否則豈不嚇壞了小孩。

這世界沒這麼忙碌，在碎片如雪花的時間裡尋找樂趣
男人、女人和一場春夢

男人、女人和一場春夢

男人、女人和一場春夢

▋布莉琪・瓊斯的一場春夢

《BJ單身日記》據說已經成為職場小說中的經典,而根據小說改編的電影也拍了兩部。第二部大規模上映的時候我正好在太平洋的那一邊,看到海報上兩個帥哥夾著一個姿色並不出眾的女子,含情脈脈的神情讓世界上80%的未婚女子頓時覺得人生增添了幾許希望。據稱女演員由於再次增肥出演該片,更是多賺了多少萬美元云云。我不知道這個續集的故事,是原作者寫了再次賣版權給好萊塢,還是好萊塢索性就自己動手給續了一部。

不過我寧可相信這個狗尾是美國人自作主張的結果,因為我一直受了一些不明所以的文化論調的荼毒,人云亦云地認定美國是文化垃圾的批發商,任何有文化、有品味的東西到了美國人手裡,一律加以庸俗化、淺薄化然後再銷往世界各地。幾年前英國人民憤怒地聲討好萊塢把他們喜愛的這個傻呼呼的小肥妞,生生整成了辦公室版的麻雀變鳳凰,全然沒有了英式辦公室女郎的那一點點與眾不同的格調和幽默,所以英國人死也不肯承認這個布莉琪・瓊斯就是他們的那個瓊斯。不過後來我看八卦雜誌,才知道這個續集也是原作者寫的,真是當頭棒喝,讓我對英國人的景仰也稍稍收斂了一些。

不過,要感激這股續集熱潮的是,我也終於找了個理由去看這本《BJ單身日記》,當然我看的是第一部。

書裡對於瓊斯的父母吵架、姐妹情變之類的細節描寫得頗為有趣,還當真有上學時候看狄更斯小說的感覺,觸目皆是下層勞動人民的雞毛蒜皮。不過說到主線,倒不免替好萊塢說句話,原書對瓊斯跟老闆的關係描寫,也實在不見得高明到哪裡去。瓊斯是一個每天計算著吃了多少卡路里,脫光了衣服秤體重,對男人毫無吸引力,跟人相親的時候三言兩語就會把男人嚇跑的號稱最平常、最有代表性的辦公室女性。唯一跟我們不同的一點是,她有一個英俊多金、未婚、年齡也不算太大的老闆,可以供她幻想。

我不想追究一貫在花叢中游弋的老闆,會對一個130磅體重,赫然穿超短裙出現在辦公室的女下屬產生興趣。如果這個如此老套的伎倆都能得逞的話,那如今只怕要增肥風潮大興了。我更不想追究沒結婚、沒二奶、不禿頭、

沒有大肚腩、身高在一百七十公分以上、至今還相信愛情這些條件全部滿足的老闆這個世界上還倖存著多少個。我只是想說……算了，其實我什麼都不想說，因為我知道，這本書其實就是寫給全世界單身或者非單身辦公室女性的童話，至於為什麼每一個公司沒有像配備傳真機、電話機一樣配備一個這樣的老闆，那是上天的錯，不是瓊斯的錯。

　　說到底，這些辦公室單身女郎的情事，無論是披著親民的外衣，還是打著浪漫的幌子，對於我們凡人來說，終究不過是一場美夢。

這世界沒這麼忙碌，在碎片如雪花的時間裡尋找樂趣

男人、女人和一場春夢

■新剩女時代的反悖現象

漢皇重色，所以民間也只重生女不生男，這是《長恨歌》裡描述的一個特定歷史時期的特定社會狀況。因為太特殊、太反常了，所以大詩人特別寫在詩裡，立為存照。除了這個年代，我相信在中國幾千年的歷史中，生男生女雖然在宣傳口號中是一樣好，但是在父母或者家中長輩的心中，卻也多半有弄璋弄瓦的細微區別的。包括我那些將為人父的同學，也是要逼我們預測說「一定生兒子」才肯滿意的。因為按照傳統，男孩是勞動力，女孩是蝕本貨。所以在以前的傳說中，在貧困的山區，愚昧的父母要把女孩掐死或者想辦法讓她胎死腹中的。就連那個重生女不生男的時代的前夜，心思毒辣的武則天在電光石火之間，選擇了掐死自己的女兒嫁禍給了王皇后──我經常想，那個時候如果搖籃裡頭躺著的是個男孩，武則天會作何選擇呢？

歷史不能假設，不過現實之中依然有許多人為了生男生女而憔悴。遠的有一代傳奇美人林青霞，曾有八卦傳言她婚變，原因是她以40多高齡冒險生的是女孩，終究沒生一個延續香火的男丁，乃至地位不保。近的有我的一個當老闆的朋友，妻子懷孕之後便天天在家裡擺起風水陣。另外在北京懷柔區捉回了放山雞數隻，重量有嚴格規定，在他17層的複式公寓中圈養，一星期後殺之，不加任何薑蔥油鹽，燉後服下。據說可將腹中女胎變成男胎。這一祕方必須在懷孕第7週的時候使用。因為實在無從考究前七週那個小小的胚胎是男是女，我們只能從結果來判斷，是有效的。

如今中國已經進入了男多女少的時代，人口結構失衡。據可靠數據顯示，中國的男女性別比已經達到了116.9：100，這也就意味著在未來的20年內，平均每年處於結婚年齡的男性要比女性多出120萬人左右。所以，據不可靠消息說，中國政府正在考慮透過刑法來遏止人口性別比例失調的問題。

對於女性來說，這其實是一個不錯的消息，因為如果男多女少，就好比僧多粥少一樣，供求關係的調節會讓女性，尤其是適婚年齡的女性分外地吃香起來。但是，這也僅是我作為適婚年齡女性的一個美好願望而已。從我身邊來看，情況卻恰恰相反。只見過苦苦等待，四處相親卻毫無著落，獨自面對家中父母逼婚的女性。朋友們湊在一起總是互相打聽：「有沒有優秀的單

身男人介紹給我的好朋友？她美貌與智慧並存喔！」後來這句話直接簡化成為「手裡還有沒有男人？」回答卻往往是：「要男人沒有，女人有的是。」

　　生於1970年代的大齡女青年有一個稱號——「3S女人」：單身（Single）、1970年代出生（Seventies）、被卡住（Stuck）。比她們年紀大的女人的孩子都會幫忙跑腿了，比她們年紀小的女人，還在唱著「死了都要愛」，鮮活粉嫩著。1970年代生的男人在追求80年代生的女人，60年代生的男人在被80年代生的女人追求，70年代生的女人呢？我身邊有三個，一個因為相親次數高達百次而沒有一次成功經驗，最近決定去看心理醫生；一個偃旗息鼓，把QQ的名字改成「媽媽，我能養活自己」；剩下的那一個，終於將目光投向了80年代的小男生，她說，我們應該去查一查歷史，也許在70年代曾經發生過某個歷史事件，導致社會上第二次出現了重女輕男的現象；否則，誰能解釋那116.9：100的比例中，多出來那16.9個男生到哪裡去了？

男人、女人和一場春夢

▎一見鍾情的時刻

　　2009年「五一」，我去參加老同學的婚禮，儀式在一個環境很美又很幽靜的公園裡舉行。我去得晚了，停車的時候就聽到那邊有人在發言，講2004年奧運會如何如何，2008年奧運會如何如何，要趁熱打鐵，一口氣生五個福娃，等等。心中奇怪，覺得這奧運深入民心也就罷了，難道婚禮也要講奧運概念嗎？入座一打聽，原來這裡頭有個故事。

　　2004年雅典奧運會，小夥子是報社記者，去了希臘採訪；姑娘在使館工作，正好在雅典進修讀書。兩個人相識在浪漫的愛琴海邊，同在異鄉為異客，一起結伴遊玩了幾天。從此情牽一線，回到北京自然再續前緣。這個愛情故事在2004年奧運會有了一個美麗的開始，2008年奧運會之後又有了一個完美的新開始。

　　令人豔羨，每一段愛情最高潮的時候，也許是步入禮堂的那一刻，最能打動我的卻往往是初識的那一刻。已經被用濫了的一句詩說「人生若只如初見」，那時候他站在雅典的街頭駐足四顧，在地中海微微的熱風中，一縷熟悉的黑髮飄過街角⋯⋯這樣的場景，無關過程，無關結局，永遠令人心動。

　　我沒有問新郎和新娘他們初識的時候，談的是什麼話題，因為我發現，這個問題往往很煞風景。另外一對更著名的因為奧運會而結緣的男女是歐洲的某位王子與一平民女子。王子去參加雪梨奧運會，在一次派對上認識了從事體育產業的意中人。婚禮之後，全世界的女人都很好奇，這個外國女人究竟如何引起了王子的注意？據媒體報導說，當時派對上有一個關於「男人是有胸毛比較性感還是沒有胸毛比較性感」的話題，這位幸運的女孩力挺沒有胸毛的王子，堅稱男人光滑的胸部對她而言最有魅力。最後，她贏得了辯論，贏得了王子，贏得了王妃的皇冠，也贏得了全世界女人的羨慕。

　　問題是，這個場景實在與我夢想中王子與公主一見鍾情的時刻相去甚遠。我一直想，當上天注定的那個人穿著金甲戰衣，踏著五彩祥雲出現在城頭的時候，每一個女人芳心大震的同時，一定不會像紫霞仙子那樣氣定神閒地說一句：「這個人走路的樣子好像一隻狗哦。」她會調動自己所有的智慧和美貌，

發動自己深埋在頭腦中的學識和趣味，去表現自己的與眾不同。而即便對方長相如至尊寶，也勢必會如孔雀一般梳理自己有限的羽毛。那麼，他們之間為了表現出自己最好的一面，一定會進行一場優雅的、含蓄的、淺嚐輒止的對話吧。事實上，我的一位平日最愛賣弄詩文的女性朋友告訴我，當她一見鍾情的對象出現在北京四月微醺的春風中，在絢爛的桃花樹下衝她微微而笑的時候，他們進行的對話主題卻是，如今在海淀，到哪裡去找那些辦證的人比較安全。

男人、女人和一場春夢

▎上帝關門，韓劇開窗

　　讀書無用這個說法，好像已經過時了很多年了，所以當某個週末不小心看到中央電視台經濟頻道一個貌似很高端的節目——說它高端是因為那幽深的光打的，台下那嘉賓的量級把我給鎮的，還有一個重要的條件是，節目的高端程度應該和女主持人的漂亮程度呈反比。僅此一條，這個節目之高端恐怕一時之間可以獨步天下。其中一個嘉賓突然大聲疾呼：「讀書就是沒有用。」讓我相當地驚詫，我本來以為隨著時代的進步，再也沒有人會這麼想了。

　　其實在之前很長的一段時間裡，我真的懷疑讀書是沒有用的。這裡的讀書特指上學，因為事實證明，從我小學到高中的同學中，最有錢的那一個，肯定就是那個高高大大、坐在座位最後一排、數學 16 分、語文 30 分、英語 8 分的男孩子。儘管我現在已經完全記不得他的長相，不經人提醒我也記不起他的名字，但是每次回家，總會聽同學提起，這個男生的事業如何有聲有色。他過年過節都不會忘記給班主任送一份禮物，每年春節的時候總是他提議說：「咱們該開一次同學會了吧，費用我全包，只要你們人能回來就行了。」

　　這種情形讓我慚愧了很久，甚至一度埋怨我的父母，當年如果不是他們一天到晚逼我看書，學這學那的，搞不好如今我也早已發達了，在同學會籌備期間一擲千金當一回豪客了呢。當然，後來隨著我見識的增長，看到了許多世界頂級富豪的學歷，就鬆了一口氣。不是我讀的書沒有用，是我讀的還不夠，真的到了哈佛、史丹福、耶魯的程度，也就成了。拿一個最簡單直觀的例子來說，中國女性的驕傲鄧文迪女士，如果沒有那張耶魯 MBA 的通行證，她也去不了新聞集團，也就發展不出她那一段蕩氣迴腸的辦公室戀情。

　　這一發現讓我相當受鼓舞，花了一個月的時間考慮以我這個年紀重新收拾英語再考一回我大學曾經考過的 GRE，萬一僥倖成功錄取，再花兩三年時間讀一個 MBA，去到世界 500 大公司。正當我懷疑自己是否還有競爭力的時候，有人告訴我，現在的灰姑娘故事流行韓劇模式，鄧文迪案件屬於不可複製類型，學不到的。想想也是，於是我又潛心研究了一個月韓國女孩釣金龜的路徑，發現韓國人竟然也是讀書無用論的擁戴者。看那些知名大學畢業的女孩們，遇到困境一籌莫展，因為富家公子的垂青進入公司工作，沒多久

卻被情敵富家女排擠出來，只得流落街頭。看到這裡我困惑極了，二十好幾的人了，看模樣也算得上清秀，讀了那麼多的書，男朋友的公司待不住，卻也不至於上小店裡賣汽水，去電影院裡賣爆米花，去加油站裡替人洗車這麼慘吧？

終於我算是明白了，釣金龜有兩種模式：高端路線或者低端路線。像我這種在中國國內讀過知名大學的，屬於高不成低不就，正好就成了讀書無用論的目標人群。在香港，有一句話特別流行，叫「由低做起」。這話以前是指像亦舒這樣大學剛畢業去報館做記者的，又指像林燕妮這樣從柏克萊大學畢業後去了電視台做氣象女郎的。她們練就一身功夫，如小龍女一般，一旦出了古墓，被世人驚為天人。如今說的由低做起，卻是《春田花花幼稚園》裡那些從校園衝上街頭的孩子們，去酒樓做接待員。是的，現在這個社會，讀書也許已經沒有用了，但是上帝關上了一扇門，韓劇替大家開了一扇窗。

這世界沒這麼忙碌，在碎片如雪花的時間裡尋找樂趣

男人、女人和一場春夢

▎總在別處的旅行豔遇

四體不勤、五穀不分的女朋友小Z，最近出人意料地參加了一個戶外運動俱樂部，週末的時候經常和俱樂部的朋友們出去爬爬小山、蹚蹚小河，拿到年假的時候更是長途跋涉去了一回新疆，曬得跟個野人似的回來。問她為什麼年近三十，突然對戶外運動產生了興趣，她直接地回答說：「我不是對戶外運動有興趣，我是對進行戶外運動的男人有興趣。」

是的，在這個年代裡，據說最熱門的相親場所，已經不是飯館、茶樓、KTV，而是各種戶外運動的俱樂部。小Z這些年相親無數、閱人無數，得出的結論是：首先，愛好戶外運動的男人，一般身體健康，而且因為寄情山水之間，所以心理變態的概率也比較少；其次呢，她已經厭倦了在飯桌上認識男人，參加戶外運動俱樂部之後，出去旅遊的機會大大增多，即便和同行者沒有什麼故事發生，在旅途的路上發生豔遇的概率卻也是大大增加——在青海湖畔天山腳下的驚鴻一瞥、回眸一笑，無論如何都比沸騰魚鄉、金鼎軒更值得留存在記憶中吧？

旅途中的豔遇，說實話，年輕的時候我們都曾經幻想過，而且這種幻想還曾經隨著旅行時交通工具的升級而進行過幾次更新換代。比如，十六七歲上高中的時候，深信最美好的故事都發生在遠離家鄉的大學校園裡，或大學校園所在的那個陌生的城市裡。那時候的我們，都在期待陌生城市街角的一次邂逅和一次意味深長的回眸。到現在，小Z和我一樣，早已經厭倦了城市裡男男女女的擦肩而過，耳邊開始迴響起張愛玲說的那句「出去到日月山川裡」了。說回來，當我們十七八歲第一次一個人坐上離家的火車的時候，在旅途中發生的豔遇，就再也沒有停止過。也許是因為人在旅行的時候，有更多認識陌生人的機會，並且在日月山川裡，人的精神狀態更為放鬆，更容易和陌生人搭訕。

只不過，年輕時坐在硬座車廂裡被春運人潮擠到不敢喝水、不敢上廁所的時候，我惡狠狠地回絕了身邊那個來歷不明的男人跟我互換CALL機號碼的要求，心裡想，如果這時候我是躺在臥鋪車廂裡，手裡拿著一卷書，眼睛看著車窗外的風景想心事，可能會顯得更加有風情一些吧。

從硬座到臥鋪，從臥鋪到飛機，顯然我的出行標準和我的年齡有呈正比增長的趨勢，只不過，我都飛了好幾年了，我的「豔遇在別處」的夢想卻始終停留在頭等艙的階段，難以飛躍。是的，亦舒寫過喜寶在回國的經濟艙中遇到豪門之後，再三強調說，那是意外中的意外，如有雷同，純屬巧合。電影裡，拜金女想釣金龜，就要省吃儉用買頭等艙，而鑲了金牙的暴發戶想對純真無邪的小姑娘下手，除了閃閃的鑽石之外，就是兩張飛往東京的頭等艙機票——「帶上你的好朋友一起去，一切費用都算我的。」這樣豪氣的話，如果沒有頭等艙機票打底，就好像萬丈高樓沒有地基一樣，落不到實處。

我對頭等艙的好感戛然而止，源於某次飛機上簾影飄蕩中，我不小心看到年輕美貌的空姐帶著溫柔的笑，將毛毯輕輕地蓋到那個肥胖的打著甜蜜的小呼嚕的人身上。十分鐘之前，她帶著同樣溫柔的笑，對凍得打哆嗦的我說：「對不起，毛毯已經發完了。」我當即決定讓我的豔遇三部曲直接跳過頭等艙的階段。後來當我看到小甘迺迪傳的時候，發現這個小夥子跟我抱著同樣的頭等艙中無好人的想法。他說，坐飛機對他來說從來就是一個折磨，因為那些頭等艙的客人，看到他上飛機，總忍不住一擁而上，索要簽名。後來他一怒之下，就自己開飛機了。

自己開飛機，這句話給了我一個最好的啟示，或許這才是旅途豔遇的終極版本吧。當一個如小甘迺迪一樣的男人，親自操縱著飛機帶你衝上雲霄，在漫天的彩霞中轉頭可以看見他堅毅專注的側臉，這個時候，也許世界上所有的女人都不會在乎這架飛機下一秒鐘是不是會撞向一處無名的海灘。

男人、女人和一場春夢

▎DIY 的誘惑

當春天明媚的陽光照射到這條充滿中產階級情趣的街區的時候，女主角突然欣喜地發現，街對面的那座舊房子，下午突然開來了一輛小貨車。和貨車一同來的，是一個 30 多歲的英俊男人，和一隻體型巨大、日後對她也不會太友善的狗。這個男人給女主角沉悶的生活增添了無數的樂趣，每天他挺拔的身影出現在車道前的一刹那，就值得她在窗戶面前久久地等待。儘管，後來慢慢地，隨著他們的接觸，她發現他似乎有著不可告人的過去：他洗手間的櫥櫃裡有足夠買下一棟房子的現金，他廚房的抽屜裡和刀叉放在一起的是一把致命的手槍，而更可怕的是，他的車庫可能發生過令人恐懼的謀殺案。但是，這有什麼關係嗎？當我們的女主角在那個春風蕩漾的週末午後，倚在窗前看到對面那個男人脫去上衣，打開車庫的大門，在裡面修理著他的舊家具的時候，她完全不介意他的職業只是水管工，她也忘記了他是殺人兇手的可能性。這個時候的他，正合襯她手裡的那杯咖啡，可堪欣賞，亦堪回味。

這是曾經火爆全球的《慾望師奶》中的一幕，這一類的幻想，在眾多諸如此類的肥皂劇中被一再重演，不管是青少年兒童讀物插圖作者，還是律師事務所的女合夥人，統統拜倒在水管工的卡其工作褲下，因為他們的職業和氣質所代表的那一份原始的粗獷和彷彿已經不可能在 CBD 出現的本初的性感。

不，不，主婦們還是幸福的，當她們將全屋子的頭髮、雜物全部收集起來塞進馬桶之後，就能心懷繾綣地等待一個美妙夜晚的來臨。而我們，當家裡的下水道如願以償地堵住並泛起臭氣之後，當水管工如約而來按響你家的門鈴，你會在對講機裡充滿懷疑地質問誰在按響你家的門鈴，你會在聽到門被敲響的時候仍然習慣性地趴在貓眼上看門外的那個年輕人是否面目可憎。不，水管工的粗獷是一致的，只不過我們早已經不習慣消費這樣的性感。當紐約的年輕人對自己的戀人說「親愛的，咱們不需要買家具，讓我親手打造我們的 dream house」的時候，北京的年輕人正帶著他新婚的妻子小心翼翼地站立在 IKEA 洶湧的人群中，告訴店員說：「所有的東西，都要安裝服務。」

「要加收 4%的服務費？沒問題，節省了很多時間，太值得了。」年輕人非常自豪地說：「我很忙的。」

　　男人在做手工的時候，是具有獨特魅力的，這一點，在午後的廚房手捧一杯咖啡看著對面那個身影消磨了一個下午的女人心知肚明。她悄悄地將這個祕密傳給了她的兒子，在他 10 歲生日的時候送他一把小鋸子，並且告訴他，耶穌在年輕的時候，也曾經做過木匠。到兒子 18 歲的時候，為她做了一把椅子，儘管很簡單粗陋，但是她的眼睛中充滿了自豪的淚水，她覺得他終於完美了。而我們，在貓眼中審視過水管工的長相之後，晚上給兒子讀一段歷史故事，告訴他明朝有一個很壞的皇帝，他不理朝政，每天在金鑾殿上做木工，「禍國殃民啊，」母親痛心疾首地跟兒子說，「你以後要做一個有出息的人。」

這世界沒這麼忙碌，在碎片如雪花的時間裡尋找樂趣

男人、女人和一場春夢

▎哪有貓兒不偷腥

　　某年某月的某一天，賈府闔家上下湊了錢給當家奶奶鳳姐過生日，犒勞她裡裡外外忙活了一年，鳳姐喝到醉醺醺，扶著丫頭回家去換衣服，結果正好將她的相公捉姦在床。鳳辣子可不是能嚥下這口窩囊氣的人，於是鬧了個天翻地覆，喊打喊殺地來到了老祖宗面前，沒想到人家老祖宗見多識廣，這點事在她那兒壓根就算不得事，還輕描淡寫地批評鳳姐說：「哪有貓兒不偷腥的。」這一句話，可就把這個富貴慈祥愛熱鬧的老太太，牢牢地釘在了歷史的恥辱柱上，從此成為封建餘孽思想的代言人、女權運動的反對派。

　　但是，說句實在話，老太太這話說得實在是一針見血，哪有貓兒不偷腥，幾百年前的貴族哥兒是這樣，現如今的男人們更是如此。只不過，女人的智慧是在鬥爭中逐漸成長和壯大起來的，鳳姐走到捉姦在床這一步才開始嚴打，已然晚了，必須防患於未然，一葉落而知秋，管中也能窺到偷腥的貓。

　　十幾年前，一部叫《手機》的電影紅遍大江南北，那部戲除了讓人記住了「燒包」這個北方詞彙之外，更使得中國各地的移動營業廳繁忙了許多。因為經過這部戲的提醒和渲染，中國的女人突然集體意識到：第一，手機是作案必不可少的通訊工具；第二，手機的通話記錄是能說明很多問題的；第三，通訊記錄是可以從營業廳合法合理、安全方便並且快捷地獲得的。這樣做的好處是顯而易見的。不過所謂道高一尺，魔高一丈，我認識的一位成功人士完美破解了這一凌厲的攻勢。方法很簡單，他將那些鶯鶯燕燕的名字全部改成張師傅、李司機、王祕書，當然，曖昧簡訊看過即刪的良好習慣，也是這位成功人士長年未被抓到馬腳的一個重要原因。

　　之後，捉姦武器不停地更新換代，查信用卡對帳單、翻看 QQ 和微信對話記錄都已經是小意思了，還有女孩利用自己非凡的 IT 技術，攻破對方的電子信箱，查對方的郵件往來記錄，並且在發現敵情的時候第一時間用這個電郵地址發回聲色俱厲的郵件以勸敵人回頭是岸。

　　最新出現的一個武器則更加剽悍，那就是查男人在網路購物的記錄。現在網路發達，電子商務普及並且服務越來越好，尤其是信用卡支付讓大家放

心地在網上買東西。要命的是，信用記錄同時記錄了你買的每一件物品，名稱、價錢，而且附有連結，隨手一點就能看到那件物品的圖片——如果你在男人的信用記錄中發現他買了高跟鞋、化妝品、女性牛仔褲並且顯然不是自己的尺寸數字的時候，基本上已經罪證確鑿了。更令人高興的是，除了買賣記錄，網路還會忠實地告訴你，這些美麗並且不屬於自己的玩意，去了某城市某街某巷某房某號的某位女孩那兒，那人姓什麼名誰，她的手機號碼是多少……

聽起來相當恐怖，彷彿女人們已經在男人身邊織起了一張大網，只等男人束手就擒。問題是，科技總是雙刃劍，用科技手段擒獲敵人的確是高招，但是狡猾的敵人有時候會拋棄科技手段而進行原生態的作戰。最剽悍的一個例子是，某位太太一天早上突然從先生的電腦包的夾層中，找出一張附近小區的門禁卡——這張卡說明了什麼？該太太愁腸百結，不過她的慘痛經歷告訴我們，捉偷腥的貓兒的口號就是盡全力抓獲他（catch him, if you can）。

男人、女人和一場春夢

■過街狐狸人人喊打

　　2007 年 11 月份，中國人民的文化生活被兩種生物攪得天翻地覆，幾乎無人可以倖免。一是西北老農用一台 Canon 400D 數位相機拍下的「野生華南虎」的照片，據說得到了官方的認證，在被網友鑑定為偽作之後，掀起了一場轟轟烈烈的「上山拍老虎」運動。不久之後網友們已經在大江南北的野地裡拍到了野生加菲貓、野生周星星、野生超人力霸王、野生福娃等珍稀品種。另外一個，卻是一個女人，一個結了婚又喜歡寫一點部落格的女人。這樣的女人在中國可能以億來計算，可是這個女人卻因為在自己的部落格中對丈夫的前妻惡語相向，被人揭發到論壇之後，擊中了網友們已經壓抑良久的「痛打狐狸精」的神經，群情激奮發揮出人肉搜索的功能，將這個女人和她的丈夫的真實姓名、電話號碼、家庭住址、工作單位全部公布在網上，供大家批判。

　　這一場中國人民「打小三」的運動，可謂轟轟烈烈。想當年，瓊瑤的《一簾幽夢》第一次播出的時候，那楚楚可憐的紫菱惹來觀眾多少憐愛的淚水，而她的姐姐綠萍則因為惡言惡行成為破壞純美愛情的壞女人的化身。可當《又見一簾幽夢》新鮮上市，故事還是那個故事，場景更加浪漫華美，觀眾的品味卻發生了翻天覆地的變化，紫菱變成了一個破壞姐姐婚姻家庭的狐狸精；而綠萍的惡行，卻因為她老婆的身分，變成理直氣壯的行為。可能瓊瑤自己都沒有想到，時隔不到 20 年，她的讀者和觀眾就不再相信愛情了。

　　是我們不相信愛情了嗎？不，是我們不支持打著愛情的旗號為所欲為了。幾百年前老祖宗對捉姦在床喊打喊殺的鳳姐輕描淡寫地說「哪有貓兒不偷腥」，以期息事寧人。可我見到的是偷腥與反偷腥的戰爭愈演愈烈，武器也不斷升級換代，從查電話記錄，到查信用卡對帳單、查 QQ 對話記錄，再到利用專業知識攻破對方郵箱進行徹底搜查……這是一場永無止境的戰爭，而一場戰爭永遠不是一個人能挑動的。

　　黛安娜王妃曾經感嘆她的婚姻裡有三個人，所以太過擁擠，便用一種極端的方式結束了她的婚姻。其實她已經是幸運的了，更多的中國女人面對的，

是 2＋N 個人的婚姻，而這無限可能的 N，最愛用的一個詞，就是愛情。不能不讓人感嘆，愛情啊愛情，多少罪惡借汝之名而行。

男人、女人和一場春夢

■轉運珠背後的慾望師奶

2006 年一部不太好歸類的大戲《黛妃與女皇》橫掃各大電影節的獎項，該片的導演後來更是成為坎城影展的評審團主席。這出以伊麗莎白女王為原型的電影，究竟是講政治、講人倫，還是講女王在某個特殊時刻的心路歷程？沒有人說得清。對於我來講，這齣電影，是將伊麗莎白女王和已故的黛安娜王妃的這一對世界上最著名、最傳奇、最驚心動魄，最終慘淡收場的婆媳，再度帶回到了我的生活中。

而根據八卦新聞報導說，原美國第一家庭的婆媳關係，也到達了歷史最低點。故事據說是這樣發生的：蘿拉・布希認為她的糟糕婚姻再也難以維持下去，打算在小布希卸任後和他正式離婚。前總統老布希因為對現任總統也就是他兒子的婚姻危機問題非常上心，乃至於身體健康受到影響。於是心急如焚的前「第一夫人」芭芭拉給現任「第一夫人」蘿拉打電話說：「別再鬧了，你正在殺死我的喬治，以及你的喬治！」蘿拉大怒，非但不給婆婆面子，還大聲要求她「管好自己的事情」，不要多管閒事。

這段報導繪形繪色到如此程度，令讀者有了身臨其境的快感，反倒削弱了它的可信程度。不過，有什麼關係嗎？一部電影和一段新聞，撕下了遮蓋在王室和第一家庭身上溫情脈脈的面紗，告訴我們，婆婆和媳婦是天敵。這是自古以來顛撲不破的真理，古今如是，中外如是，販夫走卒如是，耶魯畢業生亦如是，沒有什麼可羞愧的。

放下了這個心理包袱，堆積了幾千年的苦水從各個角度以各種方式傾瀉而出，只要你留意，每天二十四小時能聽到各種層出不窮的婆媳大戰的故事。著名的入口網站上專門開闢了婆媳論壇，供年輕的媳婦們講述自己婆婆的不是。是的，說是婆媳論壇，但是在這塊領地，婆婆們有天然的劣勢，那就是她們可能因為年齡的關係，不太會上網，或者會上網卻不太會打字，又或者即便學會了打字，又如何能同以電腦為生產工具的媳婦們滔滔論戰？所以婆婆們自動放棄了這塊陣地，留下成千上萬個媳婦日夜講述冤情和互相安慰。但是，好婆婆受惡媳婦欺凌的故事，實際上更能引起普羅大眾的同情，所以在電視台的各種節目中，比如社會節目、親情節目、心理節目頻頻可見婆婆

衰老無助的身影。故事大同小異，總是兒子娶了媳婦忘了娘，而這個媳婦雖然年輕漂亮學歷高，卻是個懶惰貪財的勢利小人，夥同娘家侵占婆家家產，而這個家產也很與時俱進地集中在房產和古董上。更聽說有婆婆氣不過兒子和媳婦二人在美國逍遙快活不顧她的死活，在電視台上打出以百萬家產招兒子為她養老送終的廣告，引起強烈迴響和激烈討論。

可見相比起老闆和員工的對立、地產商和房奴的對立、城管和小販的對立，婆婆和媳婦這對天敵之間的戰爭更具有普遍性和戲劇性。無良商人們不能不嗅到其中的商業價值，所以才會在網站和媒體上利用婆媳之間的摩擦大做文章以增加流量，拉高收視率。但是，這還是小兒科的。2007年是中國農曆豬年，除了婦產科醫院爆滿之外，各大珠寶首飾店因為一個創意而門庭若市，因為他們推出了一種名叫「轉運珠」的首飾。這個首飾說起來很簡單，就是一條金項鏈，下面掛一個橄欖形的墜子，中空，所以能轉動，因此取名「轉運珠」。這個簡單並且美感平平的首飾能引起購買狂潮，是因為兩點：第一，「珠」和「豬」同音，可見是為豬年訂製的；第二，商家宣稱，今年是閏七月，流年不利，兒媳婦將遇到一劫，需要婆婆給買個轉運珠，才能保佑兒媳婦平安度過此劫。

此事真假不論，但這個論調一出立刻將所有家庭逼到死角。誰家都有婆婆和媳婦，關係稍好一點的婆婆自然不忍心看著媳婦遭劫，關係不好的婆婆也說不出「你就遭劫去吧，渡不過去更好」之類的話。媳婦們也不見得真的相信自己會遭逢不利，但是信不信是一回事，婆婆買不買那就是另一回事了。所以為了表示自己還沒有泯滅人性到希望媳婦去死的婆婆，都免不了掏出錢包來。

有好事者想跟風，照貓畫虎推出了要丈母娘買給女婿的轉運金斧頭，營銷手段一切照抄，卻乏人問津。無他，你什麼時候見過如《黛妃與女皇》一般的講述丈母娘和女婿之間戰爭的史詩性巨片？

男人、女人和一場春夢

▎那些年，我們一起玩的遊戲

　　昨天和幾個朋友聊天，說起剛畢業的時候，住集體宿舍，拿兩三千塊錢的工資，一人吃飽全家不餓，生活很苦，卻每天傻樂傻樂的，都覺得那些時光特別美好。當然，我們也很快達成共識，我們懷念的其實不是那個時候的生活，而是那個時候的年輕的自己。

　　當然，我覺得也不能把所有的懷舊都歸結到這種情緒上去，在某些問題上，我就一直固執地認為，老的比新的好，比如朋友，比如遊戲。

　　現在的人或許都很難想像十年前的遊戲是什麼樣的。我小時候父母管得嚴，所以沒有經歷過街頭遊戲房花錢打紅白機的樂趣。我接觸到的第一款電腦遊戲，叫《泥巴》，純文字版的。班上的男同學說好玩，可以遇到各式各樣不同的人，和人聊天，不爽了打一架，「後來有一個人，不知道為什麼老跟著我，我上哪兒他上哪兒，我做什麼他也做什麼，很崇拜我的樣子。一開始我很高興，半個月以後我就煩了，把他帶到一個懸崖邊上，跟他說跳下去吧，然後他就毫不猶豫地跳下去了。世界清靜了。」這是這位男同學跟我描述的遊戲裡的世界，讓我覺得神祕又險惡，於是註冊了一個叫「冬瓜」的帳號，進去之後迷茫地東南西北亂走了一通。過了一座橋，在河邊遇到了「李師師」，於是我衝上去挑戰，然後就被秒殺了。

　　後來真正讓我沉迷過一陣的是著名的《仙劍奇俠傳》。畢業前的那個春天，我在男生宿舍裡無恥地霸占著人家的電腦，硬是打到破關。遺憾的是，因為他們的電腦上裝的是盜版的，有一個讓人崩潰的故障，就是破關之後就黑屏了，傳說中那個淒美浪漫的結局，我無緣看到。畢業的時候，男同學跑去中關村給我買了一張正版的《仙劍奇俠傳》，當做臨別禮物送給我，鼓勵我一定要看到結局。可是，有些事大概真的是命中注定啊，後來我再也沒有耐心打破關。那個結局，我是從電視劇裡看到的，據說和遊戲的唯美度還是有一定差距的。

　　後來我還小小沉迷過一陣《北京浮生記》，印象裡應該也是沒有畫面，全憑想像力操作的一款遊戲。在我畢業後去了南方工作的歲月裡，每天上班

偷懶的時候，就操縱那個小夥子奔波於北京地鐵環線，轉手買賣光碟、化妝品，運氣好能發財，運氣不好就會被警察、城管打，有時候還會認命地被村長押回老家跟他的大胖丫頭成婚。小小的一款遊戲，道盡人間百味，很是令人感慨。後來聽說這款遊戲曾經復活過，有了畫面，製作精良了許多，但我沒有再玩過，因為我覺得老版本已經足夠經典。

當然，最令我懷念的遊戲時光，是下班之後和坐我斜對面的那個小胖子師兄一起聯網打《雷電》，練就一番厲害的本領。多年後我在加拿大，看到來自香港的室友激動地打著這個遊戲，大呼小叫地闖到第六關，說「好難好難」的時候，我淡定地從她身邊微笑飄過。後來小胖子師兄技癢，教我學會了《世紀帝國》，那是我學會的第一個也是最後一個大型遊戲。懷舊的我，至今堅定地認為，《世紀帝國》是完美的。準確地說，《世紀帝國2：帝王世紀》是完美的遊戲。

最後，在這個穿越成風、宮鬥流行的年代裡，有一款老遊戲必須要推薦給大家，就是《皇帝》。好吧，又是畫面粗糙的DOS（磁碟作業系統）年代的產品，但是在遊戲裡，你可以嘗試一下做皇帝的感覺，每天面對文武百官，要操心民生、賦稅、外交，深深體會到當皇帝原來是一件苦差事。當然，你可以選擇不上朝，每天在後宮臨幸宮女、分封妃嬪，只是這樣的皇帝，一定會遭到系統的唾棄，最終遺臭萬年啊。

國家圖書館出版品預行編目（CIP）資料

這世界沒這麼忙碌，在碎片如雪花的時間裡尋找樂趣
/ 沈威風 著 . -- 第一版 . -- 臺北市：崧燁文化，2019.04

　面；　公分 .

ISBN 978-957-681-738-0(平裝)

855　　　　　　　　　　　　　　　　107023052

書　　名：這世界沒這麼忙碌，在碎片如雪花的時間裡尋找樂趣
作　　者：沈威風 著
發 行 人：黃振庭
出 版 者：崧博出版事業有限公司
發 行 者：崧燁文化事業有限公司
E - m a i l：sonbookservice@gmail.com
粉 絲 頁：　　　　　網　址：
地　　址：台北市中正區重慶南路一段六十一號八樓 815 室
8F.-815, No.61, Sec. 1, Chongqing S. Rd., Zhongzheng Dist., Taipei City 100, Taiwan (R.O.C.)
電　　話：(02)2370-3310　傳　真：(02) 2370-3210
總 經 銷：紅螞蟻圖書有限公司
地　　址：台北市內湖區舊宗路二段 121 巷 19 號
電　　話:02-2795-3656　傳真:02-2795-4100　　網址：
印　　刷：京峯彩色印刷有限公司（京峰數位）
本書版權為西南財經大學所有授權崧博出版事業股份有限公司獨家發行電子書及繁體書繁體字版。若有其他相關權利及授權需求請與本公司聯繫。
定　　價：250 元
發行日期：2019 年 04 月第一版

◎ 本書以 POD 印製發行